MANFRED HELLWEG

Sehnsucht
nach
Opatija

Durch den Krieg im damaligen Jugoslawien, kurz vor der Jahrtausendwende, glaubten wir, niemals Opatija wiederzusehen. Unvorstellbar in einem Kriegsgebiet Urlaub zu machen!

Meine Schwiegereltern haben es gegen Ende 1990 gewagt, sind dorthin gefahren und waren begeistert. Große Veränderungen, Sanierungen usw. haben die Touristen wieder ins Land gelockt.

Erinnerungen an viele, wunderschöne Urlaube wurden wach, wir wollten Opatija wiedersehen!

MANFRED HELLWEG

Sehnsucht nach Opatija

oder:
Wie ein
»Urlaubstagebuch
mit unglaublichen Enthüllungen«
sein könnte

Bibliografische Information
der Deutschen Nationalbibliothek:

Die Deutsche Nationalbibliothek verzeichnet diese Publikation in der Deutschen Nationalbibliografie; detaillierte bibliografische Daten sind im Internet über http://dnb.dnb.de abrufbar.

Herstellung und Verlag:
BoD – Books on Demand, Norderstedt

ISBN: 978-3-7526-5757-9

Opatija, Perle der Adria,
wie haben wir Dich vermisst!

Es war das Jahr 1968, als wir zum ersten Mal in Opatija waren.

Seit unglaublichen 56 Jahren bin ich glücklich mit meiner Frau verheiratet. 1965 kam unser erstes Kind auf die Welt, ein Sohn, er heißt Frank. In Veras Familie wurde ich von Anfang an herzlich aufgenommen, wurde sofort akzeptiert. Kein Wunder, dass ich von ihrer Familie begeistert war.

Eine eigene Wohnung hatten wir noch nicht. In der damaligen Zeit war es gar nicht so einfach eine bezahlbare Wohnung, die unseren Vorstellungen entsprach, zu finden. Wir hatten das Glück, bei Veras Eltern wohnen zu dürfen. Dort haben wir uns behütet und sehr wohlgefühlt.

Durch das Zusammenleben mit den Eltern lernten wir auch deren Freunde und Bekannte kennen. Berührungsängste gab es nicht, obwohl wir in dieser lockeren Runde die Jüngsten waren. Es entwickelte sich eine Gemeinschaft, in der wir uns wohlfühlten.

Irgendwann ergab es sich, dass in einem 14-tägigen Rhythmus, mal in der einen oder der anderen Familie, ein gemütliches Beisammensein stattfand. Die Männer beschlossen an diesen Abenden Skat zu spielen, was unsere Frauen für Themen besprachen, keine Ahnung, es blieb ein „Buch mit sieben Siegeln". So nach und nach hatte sich Veras Bruder und Frau sowie eine Cousine meiner Schwiegermutter mit Mann diesem Klub angeschlossen.

Nach Ende der Skatrunden unterhielten sich dann Männlein und Weiblein. Dabei blieb es nicht aus, dass immer wieder über die herrlichen Urlaube im damaligen Jugoslawien geschwärmt wurde. Hans und Friedel waren dabei die treibende Kraft, sie hatten schon einige Male dort in Opatija Urlaub gemacht. Wenn die Gespräche auf Opatija kamen, konnten wir, die nicht einmal wussten, wo das liegt, ihren Gesichtern ablesen, wie toll sie die Stadt und das Meer dort fanden.

Einmal angefangen nahm die Schwärmerei kein Ende. Veras Eltern waren direkt begeistert. So erfuhren wir vom Adria-Express, einem Sonderzug der Reisegesellschaften. Das Besondere an diesem Reisezug war, dass er aus Liegewagen bestand und nachts wurden die Sitze in Schlafliegen verwandelt. Er fuhr durch, bis zum eigentlichen Ziel in Jugoslawien, ohne dass man während der fast 22-stündigen langen Fahrt umsteigen musste.

Endziel war die Hafenstadt Rijeka, ca. 20 km südöstlich von Opatija. Sie hatten das Glück in Matulji, eine Station vor Rijeka aussteigen zu können. Von Matulji waren es dann nur noch Minuten mit dem Taxi bis Opatija.

Durch die immer wiederkehrenden Schwärmereien und interessanten Erzählungen von den schönen Urlaubserlebnissen in Jugoslawien packte uns 1968 auch das Reisefieber. Mit einem befreundeten Ehepaar aus unserem Schwimm-Verein beschlossen wir gemeinsam die Reise mit dem Adria-Express in das uns völlig unbekannte Land zu wagen.

So kam es, dass wir 1968, das erste Mal Opatija besuchten. Jugoslawien gehörte zum damaligen „sogenannten" Ostblock. Fast alle Länder östlich des „Eisernen-Vorhangs" standen unter kommunistischer Kontrolle und wurden sozialistisch regiert. Diesem Bündnis gehörte auch Jugoslawien an.

Es war fast unmöglich in die Länder hinter dem „Eisernen-Vorhang" zu reisen. Nur der damalige jugoslawische Staatspräsident und Partisanenführer Tito hatte es gewagt, sich der kommunistischen Kontrolle zu entziehen.

Er ermöglichte es, dass Jugoslawien sich als erstes und einziges Land dem Westen öffnete. So hatten wir es also Tito zu verdanken, dass wir in Opatija unseren ersten großen, gemeinsamen Urlaub verbringen konnten.

Ganz so einfach und unkompliziert wie geschildert, war die Fahrt mit dem Adria-Express für uns jedoch nicht. Das Wetter in Österreich spielte uns einen Streich. Heftige Gewitter und starke Regenfälle hatten die Zugstrecke und die Gleise durch Österreichs Landschaften so unterspült, dass der Zug einen Umweg über Graz und Maribor fahren musste.

Dadurch erreichten wir Rijeka erst nach 26 Stunden Zugfahrt. In Matulji, wie vorgesehen, hielt er erst gar nicht, fuhr einfach weiter bis Rijeka. Mitten in der Nacht kamen wir total übermüdet in einer uns fremden Stadt an, mussten nun mit einem Taxi in das ca. 20 km entfernte Opatija fahren.

Aus den vielen Erzählungen von Veras Eltern erinnerten wir uns, dass es einfach war, von Matulji nach Opatija zu kommen. Aber jetzt standen wir in Rijeka, sprachen kein Wort Jugoslawisch und wussten nicht wie es weiterging.

Zum Glück kannte der Taxifahrer sich auch in Opatija aus und verstand einige deutsche Worte. So war die Fahrt gesichert. Veras Eltern hatten uns vorsichtshalber einige Dinare für alle Fälle mitgegeben, sonst hätten wir nicht einmal das Taxi bezahlen können. Wir wussten nicht, ob wir mit DM bezahlen konnten.

In der Zeit des „Kalten Krieges" war das Umtauschen von unserer überall beliebten DM in Dinare strikt verboten. Als Zahlungsmittel von Jugoslawien galt nur der Dinar. In Deutschland hatten wir das Glück und konnten unsere DM in jede Währung umtauschen. Wir mussten uns im kommunistischen Ausland an den offiziellen Umtauschkurs der

Regierung halten und konnten nur in gesetzlichen Umtauschbüros unser Geld eintauschen.

Von Hans haben wir erfahren, dass sie bei ihren Bekannten Geld unter der Hand, also schwarz tauschten, um einen besseren Umtauschkurs zu bekommen. Verstehen konnten wir das zwar nicht, sollten aber noch merken, dass es stimmte und beiden Vorteile bringt.

Wir konnten zum Glück mit den geschenkten Dinaren unseren Taxifahrer für die ca. 20 km lange Fahrt nach Opatija bezahlen.

Weil es Nacht war, konnten wir fast gar nichts von der Gegend sehen. Lediglich als Schatten konnten wir die Berge auf der rechten Seite erahnen.

Je näher wir Opatija kamen, desto älter wurden die Häuser. Aus vielen Erzählungen wussten wir, dass sie größtenteils noch aus der „k. u. k. Zeit" der österreichischen Monarchie stammten. Viele Bauten und Villen erinnerten an die Zeit, als Opatija noch zu Österreich gehörte. Der Baustil war unverkennbar. Deshalb war Opatija in der Zeit auch so beliebt am österreichischen Hof.

Kaiser Franz Joseph I. von Österreich soll hier seine Sommerresidenz gehabt haben. Davon konnten wir während unserer Nachtfahrt nichts erkennen. Die Straßen wurden immer schmaler, von Matulji aus hatten wir einen herrlichen Blick auf die Kvarner-Bucht, die direkt vor unseren Augen lag und durch die Lichter aus den umliegenden Häusern schon romantisch wirkte. Es roch so richtig nach Meer. Jetzt konnte es nicht mehr weit sein.

Unser Fahrer lud uns direkt vor dem Haus der jugoslawischen Familie ab, wo Hans, Friedel und Veras Eltern während ihres Urlaubes wohnten. Trotz der mitternächtlichen Stunde wurden wir von zwei freundlichen jungen Männern in gebrochenem Deutsch begrüßt und waren erstaunt, dass auch die Gasteltern ziemlich gut Deutsch sprachen.

Boris und Maria nahmen uns sofort freundlich in ihr Haus auf, zeigten uns unsere Zimmer und baten uns zu einem Mitternachtsessen in die Küche.

Unsere Gastgeber sahen sich gerade auf dem Fernseher eine Sportübertragung an. Die Überraschung war groß, es wurde ein Wasserballspiel zwischen einer holländischen und einer jugoslawischen Mannschaft gezeigt. Mein Wasserballkollege wusste, dass die jugoslawische Mannschaft zu den besten Teams der Welt gehörte. Diese Aussage brachte ein Lächeln auf die Gesichter unserer Gastgeber und führte dazu, dass darauf gemeinsam ein Slibowitz getrunken wurde.

Schon war genügend Gesprächsstoff vorhanden. Während wir müde dem Verlauf des Wasserballspiels folgten, setzte Maria uns ein Scampi-Risotto vor. Essen und Fernsehen war nicht gut, wir merkten zu spät, dass wir während des Essens die Scampi mitsamt der Schale aßen. Erst beim Zubeißen merkten wir, dass die Schalen nicht entfernt waren. Es gab ein großes Gelächter.

Von der langen Zugfahrt waren wir wie gerädert. Wir sind an diesem ersten Abend umgefallen wie die Fliegen. Von der subtropischen Wärme in Opatija haben wir diese Nacht nichts gespürt.

Durch plötzliche Helligkeit und den Straßenlärm gegen Morgen sind wir abrupt aus dem Schlaf gerissen worden. Maria hatte Frühstück gemacht, war natürlich neugierig und wollte wissen wie es den Eltern und Hans und Friedel geht. Von Boris und den beiden Jungen, Darko und Davor, war nichts zu sehen. Sie waren schon zur Arbeit.

Auf Nachfrage erklärte Maria uns, wo wir in Opatija DM in Dinare umtauschen konnten, beschrieb uns auch den Weg zum Hafen und zum Freibad Lido. Daraufhin machten wir uns auf den Weg dorthin. Anschließend wollten wir uns Opatija ansehen.

Als Erstes wollten wir die Kvarner-Bucht erkunden. Machten einen Spaziergang auf dem 12 km langen „Lungomare", der von Kaiser Franz Joseph I. angelegten Uferpromenade entlang der Bucht.

Er führte auf der einen Seite Richtung Rijeka bis hin zum kleinen Fischerort Volosko und in der anderen Richtung, vorbei an den kleinen Örtchen Ičici, Ika, nach Lovran.

In der Nähe des Hafens von Opatija war das Freibad Lido. Hier badeten wir zum allerersten Mal im salzigen Meerwasser. Für Schwimmer nicht gerade das A und O, weil wir das salzlose Wasser eines Hallenbades gewöhnt sind. Aber da mussten wir durch.

Unsere Frauen waren überrascht, wie gut das Salzwasser sie beim Schwimmen trug. Das kannten beide gar nicht. Auch dass sie sich nicht so sehr auf das Schwimmen konzentrieren brauchten, fanden sie toll. Denn das Salzwasser trägt ja bekanntlich, so dass sie einfach auch ohne Schwimmbewegungen nicht untergingen. Welch eine Überraschung, besonders für meine Frau, die doch anfangs sehr unsicher war.

Vom Strand des Lidos hatten wir einen fantastischen Blick auf den Park der Villa Angiolina und das älteste Hotel von Opatija, dem 1884 erbauten Hotel Kvarner.

Als Sanatorium für Lungenkrankheiten gedacht, wurde es mehr und mehr von Kaiser Franz Joseph I. aus Österreich als Sommerresidenz genutzt. Dort wohnten zur damaligen Zeit die wichtigsten und bekanntesten Leute der Österreichisch-Ungarischen Monarchie und Aristokratie.

Im „Kvarner" zu übernachten konnten wir uns nicht leisten, dafür fehlte uns das Geld. Damals waren wir froh, dass wir privat unterkamen. Und weil wir dort sehr günstig wohnten, konnten wir uns den Urlaub überhaupt leisten.

Das Freibad Lido war schon für die damalige Zeit etwas Besonderes. Wir mussten Eintritt zahlen, konnten uns beim Bademeister „Peppi" mit Getränken versorgen. Dusche und Umkleidekabinen gab es und sogar ein in die Felsen gebautes, ca. 3-Meter hohes Sprungbrett. Auch ein uraltes Badehaus aus Holz, noch aus der „k. u. k. Zeit" war im hinteren Teil direkt an die Mauer gebaut, mit primitiven Duschen, Umkleidekabinen und Toiletten.

Die kleine Badebucht führte von der Gaststätte Lido und dem gleichnamigen Freibad bis hin zur äußeren Ecke des Kvarner Hotels. Sie war für die Badegäste durch Hai-Netze gesichert. Diese Netze waren fest im Boden der Badebucht verankert und von außen nicht zu erkennen. Dass die Netze vor Haien schützten, wollten wir nicht glauben, denn wir dachten in diese kleine Badebucht verirren sich doch keine Haie.

Doch wir wurden eines Besseren belehrt. Gegenüber der Kvarner-Bucht und dem Hafen von Opatija lag der große Fischereihafen von Rijeka. Zu diesem Fischereihafen gehörte eine ganz in der Nähe liegende Fischverarbeitungsanlage.

Kein Wunder also, dass sich Haie in diese Bucht verirrten, denn von den Fischabfällen wurden sie anscheinend gut satt. Hinzu kam noch, dass die einfahrenden Schiffe ihre Abfälle einfach über Bord warfen. Das war ein richtiges Festessen für die Haie. So wurden sie angelockt.

Wir vier hatten in den 2 Wochen eine herrliche Urlaubszeit. Waren wir doch in eine andere Welt eingetaucht. Fast überall wo wir einkehrten, wurden wir in unserer Muttersprache begrüßt und wunderten uns, dass viele der Jugoslawen Deutsch sprachen. Von unseren Gastgebern hörten wir, dass bereits die Grundschüler Deutsch lernten und Italienisch als Nebenfach hatten.

Das waren die Folgen der Österreicher, der Ungarn und Italiener, die alle einmal dieses Fleckchen Erde ihr Eigen nannten. Damals war es ein mondänes Seebad und auch der Winterkurort der Donaumonarchie.

Villa Angiolina, das Hotel „Imperial" sind nur einige der Prachtbauten aus der damaligen Zeit.

Viel zu schnell sind unsere 14 Tage in Opatija vergangen. Der Urlaub war zu schön, und auch der erste Urlaub ohne unseren Sohn. Ihn konnten wir, ohne ein schlechtes Gewissen zu haben, getrost bei meinen Schwiegereltern lassen. Dort war er in den besten Händen.

Zurück in Deutschland berichteten wir natürlich bei unserem nächsten Treffen ausführlich vom Urlaub in Opatija. Von allen Seiten wurden wir mit Fragen bombardiert. Nur den „Ortskundigen" konnten wir nichts Neues berichten. Gemeinsam beschlossen wir aber unseren nächsten Urlaub wieder in Jugoslawien zu verbringen.

Im nächsten Jahr brachten wir selbstverständlich wie letztes Jahr, die Eltern zum Reisezug. Sie machten vier Wochen Urlaub. Wir wollten zur gleichen Zeit Urlaub in Jugoslawien machen. Allerdings nicht mit dem Adria-Express, befürchteten wir doch, wieder von einem Unwetter überrascht zu werden.

Unser Plan war, mit dem Auto und unserem vier Jahre alten Sohn Frank, die lange Autofahrt, durch halb Österreich, nach Jugoslawien zu wagen. Da er beim ersten Urlaub nicht dabei war, wollten wir Jugoslawien nie mehr ohne ihn besuchen.

Vom Reisezug hatten wir genug, wollten es uns Dreien nicht zumuten.

Im Vorfeld hatten unsere Eltern eine andere Unterkunft, für sich und uns, in der Nähe besorgt, so mussten wir nicht mehr beengt bei Maria wohnen.

Eine abenteuerliche Fahrt 1250 km im eigenen Wagen lag vor uns. Nach langem Überlegen hatten wir beschlossen die Fahrt freitags, nach Feierabend anzutreten. Mit viel Glück, so dachten wir, kämen wir nicht in den gefürchteten Feierabendverkehr. Dabei war das damals längst nicht so schlimm wie heute. Und unser Sohn könnte vielleicht auf der Rückbank die Nacht durchschlafen.

So kam es, dass meine kleine Familie mich schon von meiner Arbeitsstelle abholte. Ich setzte mich ans Steuer und wir fuhren los.

Nachts zu fahren war für mich kein Problem, es war eine richtige Erholung.

Die Autobahnen waren nicht mehr so befahren wie am Tag und gegen heute sehr leer. Beim ADAC hatten wir uns erkundigt und mithilfe der Straßenkarten von Deutschland und Österreich unsere Fahrtroute festgelegt.

Die Fahrt ging über Frankfurt, Würzburg, Nürnberg, München, Richtung Salzburg. Weiter bis Bad Gastein, hier konnten wir den Auto-Reisezug nehmen, der uns durch das Gebirge bis nach Mallnitz brachte. Von Mallnitz ging es dann weiter über Alpenstraßen nach Seeboden und Villach. Vorbei an Kranj und Ljubljana, Pivka, Rupa, Matulji bis nach Opatija.

Es war früh am Morgen, als wir Matulji erreichten und das eigentliche Ziel Opatija vor Augen hatten. Matulji liegt ca. 7 km vor Rijeka an den Berghängen des Učka. Von Matulji schauten wir direkt auf die Kvarner-Bucht, die etwa 180 m tiefer vor uns lag. Der Blick auf die Kvarner-Bucht war einmalig.

Wir schauten in die aufgehende Sonne und rochen das salzhaltige Meer. Für uns drei war es richtig aufregend. Die restlichen Meter nach Opatija, nur noch 7 km, vergingen wie im Flug, jetzt ging alles sehr schnell.

Unsere erste Anlaufstation in Opatija war die Wohnung von Boris und Maria. Maria war es, die uns zu den Eltern in die neue Unterkunft brachte. Es war eine wirklich kleine Pension, nur ca. hundert Meter von deren Wohnung entfernt. Voller Freude wurden wir hier schon sehnsüchtig von Eltern und Hans und Friedel erwartet.

Die Pension gehörte zwei älteren Damen, den Schwestern Jacic. Aus alten österreichischen Filmen kam uns die Art der Pension bekannt vor. Oft hatten wir uns lustig gemacht bei den Filmen. Jetzt, hier bei Jacic, war es plötzlich Wirklichkeit und wir waren mitten drin. Im Parterre an der Wand war ein Kasten mit den Zimmernummern angebracht. Da konnte man genau sehen welches Zimmer nach der Zofe gerufen hatte. Die Bediensteten wussten dann sofort, auf welchem Zimmer Hilfe gebraucht wurde.

Die Schwestern nahmen uns mit Freuden auf und zeigten uns unser Zimmer in der zweiten Etage. Genau unter uns wohnten Veras Eltern, im Zimmer daneben Hans und Friedel. Nach der langen Fahrt konnten wir bei den Damen Jacic, in deren Küche im Parterre, ausgiebig frühstücken. Hier konnten wir uns wohlfühlen wie zu Hause.

Unseren Sohn Frank hatten sie sofort ins Herz geschlossen. Er hatte den ganzen Urlaub Narrenfreiheit bei beiden. Da keiner von uns müde, sondern aufgedreht von der langen Fahrt war, beschlossen wir mit den Eltern nach dem Frühstück zum Strand zu gehen.

Bis zur Hauptstraße waren es ca. 100 m, weiter durch den Park, an der Villa Angiolina vorbei und schon standen wir am Kassenhäuschen der Badeanstalt. Die Badeanstalt Lido kannten wir noch vom letzten Jahr, es sah noch so aus, nichts verändert.

Um den Eintrittspreis brauchten wir uns nicht kümmern, das machte meine Schwiegermutter. Sie kannte die Kassiererin schon einige Jahre und hatte mit ihr ein Abkommen getroffen. Für unsere Familie und auch für die restliche Truppe regelte sie in all den Jahren, die wir dann dort Urlaub machten, den Eintrittspreis.

Wir suchten uns einen Platz direkt neben meinem Schwiegervater, an dem wir unsere Sachen ausbreiten konnten und kletterten erst einmal über die felsigen Stufen ins Meer, um uns zu erfrischen.

Frank blieb während wir im Wasser waren bei den Eltern, er konnte ja noch nicht schwimmen. Mein Schwiegervater

hatte einen Narren an seinem Enkel ge-
fressen. Damit wir uns keinen Sonnenbrand holten bei der extrem starken Ju-
nisonne, haben sie vorher schon in der
Apotheke Sonnenöl besorgt, womit wir
uns einreiben mussten.

Die Jahre vorher hatten sie sich, auf An-
raten der Schwestern Jacic, dieses Öl
immer in der Apotheke besorgt und sich
während ihres Urlaubs mehrmals täglich damit eingeölt. Für uns war es wirklich nicht schön, das ölige Zeug auf der
Haut zu spüren, doch sie bestanden darauf.

Diese Mischung aus der Apotheke, sagten sie, sei für diese Verhältnisse in der
prallen Sonne von Opatija gerade das
Richtige für unsere Haut.

Sie hatten ja recht, wie sich später herausstellte, doch unangenehm war es
schon. Ich mochte das Öl nicht auf meiner Haut haben, aber einen Sonnenbrand wollte ich auch nicht riskieren.

Hans und Friedel machten uns mit einem Ehepaar aus Norddeutschland, Heinz und Lisbeth bekannt, dass sie schon aus den vergangenen Jahren her kannten. Heinz war ein lustiger und mit allen Wassern gewaschener Feuerwehrmann. Er hatte es faustdick hinter den Ohren. Seine Frau Lisbeth, eine gebürtige Jugoslawin wie sich herausstellte, war sogar um 3 Ecken mit Boris und Maria verwandt.

Im Lido lernten wir noch ein junges Paar aus Holland kennen und freundeten uns mit ihnen an. Heinz, der Feuerwehrmann, konnte es nicht lassen über die Holländerin seine Scherze zu machen. Sie kam morgens strahlend und gutgelaunt an den Strand, baute ruck zuck ihre Liege auf, ölte sich von oben bis unten ein und knallte sich in die pralle Sonne.

Und das, schon mehrere Tage hintereinander, erzählte er uns. Sie stand nicht auf, drehte sich von Zeit zu Zeit um, wollte nahtlos braun werden. Das wiederum konnte Heinz überhaupt nicht verstehen, deshalb erkundigte er sich bei ihrem Ehemann Leo nach Lidis Wohlbefinden. Als Holländer verstand er die Frage nicht so richtig. Leo schaute uns mit großen Augen an und wollte von uns wissen, was Wohlbefinden bedeutet.

Diesen Scherz Leo zu erklären war nicht so einfach, großes Gelächter bei allen. So hatten wir mit den Holländern und die mit uns richtig viel Spaß!

Von da an hatten sie anscheinend Blut geleckt, ließen uns nicht mehr aus ihren Fängen. Sie gehörten zu unserer Truppe als wäre es schon immer so gewesen.

Mittlerweile waren wir ein Kreis von zehn Erwachsenen und unserem Sohn. Einige Tage später kam noch die Cousine meiner Schwiegermutter, Lola mit ihrem Mann Sepp dazu. Das Dutzend war voll.

Auch sie waren in der Pension von Jacic untergebracht. In der kleinen Pension waren genug Zimmer vorhanden, sie bestand aus 3 Etagen. Es hätten sogar noch weitere Personen Logie finden können.

Am Lido verbrachten wir fast den ganzen Tag. Alle hatten Spaß und genug zu erzählen. Für das leibliche Wohl hatten meistens die Eltern gesorgt. Getränke konnten wir bei „Peppi", dem Bademeister, bestellen und wenn wir ihn dann mit einem „Pivo" belohnten, hatten wir auch bei ihm einen Stein im Brett. Sonst war er eigentlich immer mürrisch und brummig, aber nicht aus der Ruhe zu bringen.

Gegen Abend, nach ausgiebigem Sonnenbaden und Herumtollen im Wasser, verabredete sich die ganze Truppe zum gemütlichen Beisammensein. Meistens gingen wir in ein Restaurant zum Essen. Dann wurde oft daraus ein „Pintenabend" oder wir saßen gemütlich zusammen und hatten bei Bier, Schnaps oder Wein den ganzen Abend Spaß.

Wir blieben auch im Minigärtchen unserer Pension oder verbrachten die Zeit auf der Terrasse, da konnten wir den ganzen Abend das Treiben der Feuerwehr von Opatija beobachten.

Von dort hatten wir einen Blick, so wie aus der ersten Reihe, auf das Feuerwehrhaus und das Geschehen drumherum. Manchmal endete so ein Abend auch in der Striptease-Bar quasi um die Ecke und sahen uns die „Frivolitäten" an, die man in unserm Städtchen zu Hause, so nicht sah.

Um Frank brauchten wir uns keine Sorgen machen. Der war bei unseren Gastgeberinnen gut aufgehoben. Sie sorgten dafür, dass er abends nicht zu spät ins Bett kam und morgens, während wir alle noch ziemlich müde waren, in ihrer Küche mit Frühstück bestens versorgt wurde.

Dieser 3-wöchige Urlaub in Opatija war das Beste, das uns bisher passierte, es war einfach nicht zu überbieten. Morgens, nach ausgiebigem Frühstück ging es immer mit Sack und Pack ans Meer. Mein Schwiegervater war meist schon sehr früh dort und hatte für die gesamte Truppe die Plätze mit der besten Aussicht belegt.

Direkt in der ersten Reihe, sodass wir nur noch die in die großen Felsen eingelassene Treppe hinuntermussten, um ins Wasser zu springen. Unser Sohn war so verrückt aufs Wasser, ich musste ihn auf den Arm nehmen und so mit ihm schwimmen.

Wenige Tage später konnte Frank schwimmen, ohne unsere Hilfe. Es war das übliche „Hundepaddeln", als ich das sah, machte ich mir keine Sorgen mehr um ihn.

Sogar Vera machte es riesigen Spaß an meiner Seite durch die Wellen bis zu den Hai-Netzen zu schwimmen. Ich wusste, dass sie schwimmen konnte, aber erst, wenn ich direkt neben ihr im Wasser war, hat sie die Angst vor dem Wasser überwunden. Nach ein paar Tagen schwamm sie sogar ohne meine ständige Begleitung.

Wir drei, und die Eltern machten uns öfter mittags auf den Weg zum Essen. Unsere Eltern hatten in ihren bisherigen Urlauben in Opatija eine Mensa entdeckt. Von unserer Pension war es nicht weit bis dorthin. Diese Mensa befand sich direkt über dem hinteren Teil der Markthalle an der oberen Straße in Nähe der Post, auf einer riesigen Dachterrasse.

Hier konnten wir uns das Essen selbst zusammenstellen, wie an einem Buffet und preisgünstig war es auch noch. Auf dem Dach der Markthalle unter freiem Himmel konnten wir unser Mittagessen genießen. Eigentlich war diese Mensa für die vielen Schüler gedacht, die von der ganz in der Nähe liegenden Schule zum Essen kamen. Doch Touristen, die sich hier auskannten, konnten auch von dem günstigen Essen profitieren.

Frank hatte riesigen Spaß, wie alle Kinder, die dortigen Tauben zu füttern. Auf Essen legte er damals keinen großen Wert. Das genaue Gegenteil war mein Schwiegervater. Für ihn war die Mensa eine Institution. Er aß nun mal gern!

Nach dem Mittagessen in der Mensa gingen meine Schwiegereltern wie immer zurück zur Pension, ein Mittagschläfchen machen, um anschließend ausgeruht zum Strand zurückzukommen. Manchmal beschlossen wir es ihnen gleichzutun.

Zum normalen Nachmittag gehörte Relaxen in der Sonne, Schwimmen im herrlichen Wasser und Klönen mit allen in unserer Truppe. Dabei hatten wir viel Spaß miteinander und besonders mit unserem Sohn. Frank war etwas Besonderes, er verstand es sich in alle Herzen zu schleichen. Er hatte bei allen einen Stein im Brett.

Den ganzen Tag gefaulenzt, fehlte uns dann aber doch Bewegung. Deshalb verabredeten wir uns zu einem abendlichen Spaziergang entlang des Lungomare, bis ins Fischerdörfchen Volosko.

Am kleinen Hafen war unser Treffpunkt. Gemeinsam schlenderten wir den steinigen Lungomare entlang, bis wir Volosko erreichten. Oft sahen wir an den Hecken und Felsen unzählige Glühwürmchen bei der Partnersuche, das aber sahen wir immer erst in völliger Dunkelheit, spät abends. Es war ein toller Anblick.

Für Frank hatten wir sogar einen Kinderwagen dabei. Wenn er es sich aber in den Kopf gesetzt hatte zu laufen, machte er den Weg dorthin immer zweimal. Er rannte einige Schritte voraus, dann wieder zu uns zurück, so ging es den halben Weg. Für den Rückweg war er meistens zu müde und ließ sich ohne Murren im Kinderwagen kutschieren.

Volosko ist ein kleines Fischerdörfchen mit tollen Restaurants, direkt an der Mole. Die Aussicht auf Rijeka und zur Insel Krk war überwältigend. Hier konnten wir Calamares oder Sardinen gegrillt zu erschwinglichen Preisen bestellen. Natürlich auch anderes wie Pljeskavica, Ražnjići usw.

Diese Abende, im verträumten Volosko, brachten viel Spaß. Bei typisch jugoslawischem Rotwein, Bier, Stari-Graniza, Maraschino oder Slivovitz, je nach Geschmack, genossen alle den lauen Sommerabend.

Unsere „Urlaubstruppe" war immer gutgelaunt und niemals hörte man eine dumme Bemerkung. Der Heimweg dauerte meist etwas länger, da einige zu tief ins Glas geschaut hatten. Beschwerdefrei und unbeschadet konnten wir aber doch den Lungomare entlang gehen, haben auch immer heimgefunden.

Wenn unser Spaziergang ein anderes Mal in Richtung Lovran ging, sind wir schon nachmittags losgegangen, denn der Weg am Strand entlang, vorbei an Ika und Ičici, war mindestens doppelt so lang als nach Volosko.

Bei Evelin, und ihrem typisch jugoslawischen Restaurant kehrten wir ein und aßen hier die besten jugoslawischen Grillspezialitäten, tranken den lecker schmeckenden Rotwein aus den Bergen oberhalb von Opatija. Der Heimweg wurde von Lovran aus meist mit dem Bus gemacht, kam es ja darauf an wie (feuchtfröhlich) der Abend verlaufen ist.

Hatten wir uns allerdings gemeinsam für einen „Pintenabend" verabredet, blieben wir in Opatija, aßen zu Abend entweder im Starina, an der Boccia-Bahn oder in der Istranka, direkt neben der Feuerwehr, ein paar Schritte von dort über den Hof und wir waren zu Hause.

In der Urlaubszeit gab es immer ein paar Highlights. Einige aus unserer Truppe hatten Geburtstag. Selbstverständlich wurden dann alle zu einer kleinen Geburtstagsfeier am Abend eingeladen. Das hat mein Schwiegervater eingefädelt. Er organisierte das mit dem Wirt des Lokals „Lido" und bestellte einen langen Tisch für den ganzen Abend. Oft waren wir dann die einzigen Gäste.

Von der Terrasse hatten wir eine tolle Aussicht auf das Meer, sahen im Hintergrund die Lichter von Rijeka. Speisen und Getränke standen bereit. Es wurde gesungen und getanzt bis spät in die Nacht. Am nächsten Morgen sahen wir die Auswirkungen der Feier in den Gesichtern am Strand. Jeder genoss nur noch die Sonne, Ruhe und das Wasser.

Nach drei Wochen war für Vera, Frank und mich die schöne Zeit vorbei. Schweren Herzens mussten wir unseren Heimweg nach Deutschland antreten. Die Eltern und teilweise auch die anderen blieben noch eine Weile in Opatija.

Große Verabschiedung am Abreisetag. Verpflegung für die Rückfahrt eingepackt. Es lagen wieder 1250 km vor uns. Zum Abschied haben wir allen versprochen, nächstes Jahr zur gleichen Zeit wieder in Opatija zu sein. Von dem schönen Urlaub zehrten wir ein ganzes Jahr.

1970 vom 21. Mai – 21. Juni
Fußball-Weltmeisterschaft in Mexico

Unser Sohn war mittlerweile 5 Jahre alt. Schon zu Anfang unserer Ehe haben wir unser Leben mit zwei Kindern geplant. Wir bemühten uns eine geraume Zeit, doch mit der Schwangerschaft wollte und wollte es einfach nicht klappen. Unser Wunsch sollte eigentlich schnell in Erfüllung gehen, beide Kinder sollten miteinander spielen können.

Wenn der Altersunterschied zu groß ist, kann eine richtige Verbundenheit zwischen beiden Kindern nicht aufkommen, dachten wir. Ich habe es am eigenen Leib erfahren, mein Bruder war über acht Jahre jünger als ich.

Aber wir gaben nicht auf und setzten alle Hoffnung in den diesjährigen Urlaub in Opatija. Eine Luftveränderung soll ja, wie es so schön im Volksmund heißt, angeblich Wunder bewirken. Deshalb freuten wir uns dieses Jahr besonders auf unseren Urlaub in Jugoslawien. Wir trafen all die Bekannten und Verwandten wieder mit denen wir immer viel Spaß hatten.

Erzählt und geschwärmt wurde im Freundeskreis genug von Opatija. Uns hatte sich ein neues Ehepaar aus dem Bekanntenkreis meines Schwiegervaters angeschlossen, welches auch ihren Urlaub mit allen zusammen in Opatija verbringen wollte. Es waren aber nicht nur die zwei, denn mit deren Vater waren es plötzlich drei. So waren wir jetzt 15 Personen ohne Kinder. Und von Heinz und Lisbeth kam die Meldung, dass die Nichte mit Mann und Tochter auch noch dazu kamen. Jetzt waren wir 17 und 2 Kinder. Unglaublich, wenn das so weiter geht, überfluten wir Opatija mit deutschen Urlaubern.

Wir waren nicht die einzigen, die sich mit dem Auto auf den 1250 km langen Weg machten, allerdings zu unterschiedlichen Zeiten (denn für einige waren es mehr Kilometer). Elli und Siegfried fuhren ebenso mit dem Wagen wie Ernst und Elke, Heinz und Lisbeth. Sogar Siegfrieds Vater Karl kam mit dem Auto. In der ersten Juniwoche trudelten so nach und nach alle in Opatija ein.

Mein Schwiegervater hatte jetzt jeden Morgen seine liebe Mühe für alle 17 + 2 den begehrten Platz direkt am Wasser zu organisieren. Es machte ihm aber richtig Spaß, denn hier hörten alle auf sein Kommando.

Sogar, wenn er ängstlich seinen Blick in Richtung Učka richtete und uns mit finsterer Miene sagte: „Oh, oh, die ersten Wolken sind über dem Učka. Packt die Sachen zusammen, es gibt gleich Regen oder ein ordentliches Gewitter."

Manch kritischer Blick wurde ihm zugeworfen, doch nachdem er einige Male recht behalten sollte, glaubte ihm fast jeder. In Windeseile wurden all unsere Utensilien zusammengepackt und geschlossen verließ unsere Meute das Lido.

Fast täglich, wenn alle im Lido sich sonnten oder im Wasser waren, sahen wir auf dem Meer einen Kapitän mit seinem Boot die Küste entlang tuckern. In der einen Hand eine Flüstertüte und wir hörten immer die gleiche Aufforderung: „Fahren sie heute, morgen können sie tot sein."

Veras Vater war ein Organisationstalent. Diesen Kapitän hatte mein Schwiegervater eines Tages im Hafen aufgesucht und eine Bootsfahrt vereinbart. Natürlich ohne Rücksprache mit den anderen.

Aber gefreut haben wir uns trotzdem, er hat einen guten Preis ausgehandelt, auf alle umgelegt, und so gab es ein großes Vergnügen für einen kleinen Betrag.

Manchmal haben wir ein Boot auch als Taxi-Boot benutzt, wenn wir nach Volosko oder Lovran wollten. Es war schon eine tolle Sache, wenn man sich um nichts kümmern musste. Er machte das alles gerne.

Dieser Sommer war besonders heiß, die Sonne schien unbarmherzig vom Himmel, kein Tropfen Regen. Das Meer war die einzige Abkühlung. Mittags machten Vera und ich uns auf den Weg in unsere Pension. Die ewige Sonne machte uns müde und deshalb brauchten wir eine Pause, um für den Abend wieder fit zu sein.

Es war die Zeit der Fußballweltmeisterschaft in Mexico. Wir trafen uns einige
Male im viel zu kleinen Wohnzimmer
bei Jacic, um uns ein Spiel der deutschen
Mannschaft anzusehen.

Der kleine Raum war gerappelt voll und
wir haben uns mit einem kleinen, uralten Schwarz-Weiß-Fernseher von unseren Gastgebern begnügt. Hauptsache
wir konnten das Spiel sehen!

Veras Vater hatte von einem befreundeten Weinbauern aus Bregi eine Fünf
Liter Kruke Rotwein besorgt. Für die
Bier- oder Sekttrinker war auch gesorgt.
Brot und Würstchen, Kartoffelsalat und
Frikadellen brachten manche mit, sodass der Abend gerettet war.

Es gab immer ein großes „HALLO",
wenn die deutsche Mannschaft im Ballbesitz war. Und wenn dann auch noch
ein Tor für Deutschland fiel, waren alle
begeistert und man hörte unsern Jubel
noch einige Straßen weiter.

Außer an Fußballabenden machten wir, wie letztes Jahr wieder unsere heiß geliebten „Pintenabende". Im Starina, es lag etwas außerhalb Richtung Nova cesta, in der Nähe vom Ambassador, fingen wir meistens an, weil wir hier gut essen konnten. Weiter ging es dann in die nächste Pinte direkt gegenüber der Markthalle.

Eigentlich war es nur ein Eisladen, doch im hinteren Teil gab es auch alkoholische Getränke. Hier hat Vera allen gezeigt, was ein Nikolaschka ist. Sie hat es Jahre zuvor bei einer Feier ihrer Firma getrunken und nun probierten wir es hier.

Es war lustig, den Einheimischen einmal zu zeigen, wie sie einen Nikolaschka machen sollten. Ganz einfach: Ein Schnapsglas mit Brandy, auf den Rand eine Scheibe Zitrone ohne Schale, darauf einen Dessertlöffel mit Kaffeepulver, und das dann mit etwas Zucker garniert.

Die Zitronenscheibe in den Mund nehmen, den Brandy dazu, alles schön durchkauen und erst dann schlucken!! LECKER!

Weiter ging es dann zur nächsten Pinte, direkt hinter der Bank, vor dem Hotel Agava, anschließend Richtung Selengej. Gegenüber war eine Pinte, die wir nicht auslassen konnten. Aber wir tranken jeweils nur 1 Getränk. Weiter zum Hotel Jadran (heute Milenij). Dort besetzten wir auf der Terrasse einen großen Tisch für unsere Truppe und ließen meistens den Abend ausklingen.

Hier war jeden Abend Livemusik mit Tanz. Manchmal hatte auch jemand aus unserer Truppe eine Flasche Brandy heimlich unter dem Tisch platziert, während wir beim Kellner eine Runde Brandy bestellten.

Dann wurde aus der mitgebrachten Brandyflasche immer fleißig nachgeschenkt. Wir wunderten uns nur, dass der Kellner das nicht sah, oder er sagte nichts, wir bestellten ja immer wieder mal, doch manche Gläser wurden einfach nicht leer.

Unserer Vermutung nach wusste er genau was wir machten, aber weil er ein gutes Trinkgeld bekam, schaute er einfach nicht hin. Am Morgen danach sahen wir manchmal so aus, als wollte jeder im Lido erst einmal ausschlafen.

Mir fiel an diesen Abenden oder auf Ausflügen immer wieder auf, dass bestimmte Männer ein Auge auf meine Frau warfen. Es waren immer die gleichen. So: Typ Ungar, attraktiv mit Schnauzbart usw. Ich war richtig eifersüchtig und als ich ihr meine Beobachtungen erzählte, meinte sie nur, ich müsste mir keine Sorgen machen, das hat nichts zu bedeuten.

Doch ich machte mir Sorgen. Als wir einmal im Jadran an der Bar saßen, saß neben ihr und mir so ein Typ, stieß mich von der Seite an, warf einen Blick auf meine Frau, und sagte genussvoll „Sexbombe". Ich war platt, er hatte mich kalt erwischt. Als ich ihm klarmachte, dass es meine Frau sei, stand er auf und verließ das Jadran.

Die Anspielung des Typen machte mich erst wütend und dann auch nachdenklich. Ich sollte doch besser auf sie aufpassen, bildete ich mir ein. Sogar einer aus unserer Truppe warf meiner Meinung nach zu viel Blicke auf meine Vera. Kein Wunder, ich glaube, seine Frau war 15 Jahre älter als er. Also war Vorsicht geboten.

Eines Morgens wurde meine Schwiegermutter von den Schwestern Jacic gefragt: „Wissen Sie vielleicht, warum jeden Tag Zucker auf der Fensterbank liegt?"

Meine Schwiegermutter bekam fast einen Lachkrampf und erklärte beiden, dass bei uns den Kindern erzählt wird, wenn man Zucker auf die Fensterbank streue, kommt vielleicht im nächsten Jahr ein Brüderchen oder Schwesterchen zur Welt.

Deswegen hat unser Sohn viel Zucker verstreut, weil er ein Brüderchen haben wollte. Und es hat ja gewirkt mit dem Zucker, oder war es die Luftveränderung, denn im Februar des nächsten Jahres bekamen wir wirklich den lang erwarteten Sohn dazu.

Wenn wir in den Abendstunden in Opatija unterwegs waren, haben wir auch gerne getanzt, wenn Livemusic spielte. So war es auch in der „Baracka".

Das Grill-Lokal lag an der oberen Straße „Nova-cesta", war schwer zu finden, aber dort spielte eine Band. Und genau in dieser Band war ein Musiker, der seine Augen nicht von meiner Frau lassen konnte. In diesem Jahr war ein italienischer Song, „L`arca di Noè", auch in Opatija auf Platz 1.

Wir hatten uns in den Song verliebt, danach konnten wir fantastisch eng umschlungen tanzen.

Ich war so stolz, wenn ich meine Frau fest in meinen Armen hielt. Jeder Blinde konnte sehen, wie verliebt wir waren. Und dann sah ich immer wieder, wie dieser Musiker meine Vera mit seinen Augen verschlang. Ich hätte sie ihm ausstechen können.

Heimlich machte ich meine Frau auf diesen Musiker aufmerksam. Sie merkte auch an meinem Verhalten, dass ich nervös wurde. Ihr Versuch, mich zu beruhigen, machte mich erst richtig eifersüchtig.

Noch in diesem Urlaub wurde das Grill-Lokal „Baracka" geschlossen. Kurz darauf haben wir besagten Musiker im Bierkeller des Hotels Continental wiedergesehen. Im Garten des Hotels war eine riesige Tanzfläche und auch eine Live-Kapelle.

Unsere fast 20 Mann starke Truppe hat sich über den Bierkeller riesig gefreut, brauchten wir doch nicht mehr durch Opatija ziehen, um tanzen zu können. Er lag direkt vor unserer Nase. Hier konnten wir ebenfalls so gut essen und trinken wie überall.

Hans, Friedel und meine Schwiegereltern hatten in den Jahren mit einem Bergbauern auf Bregi Freundschaft geschlossen. Einige Male wurden wir in sein Haus auf Bregi eingeladen. Der Aufstieg dorthin war gar nicht einfach. Er führte über -zig Treppenstufen bis wir endlich das Haus am Berghang erreichten. Es war wirklich mühsam. Doch der selbstgemachte Schinken und sein Rotwein haben uns den Aufstieg versüßt.

Diese Abende und der Ausblick über Opatija waren wunderschön. Wir hatten eine fantastische Aussicht auf die Kvarner-Bucht. Als es dann nach einem lustigen und sättigenden Abend an den Abstieg ging, hatten manche bei dem vielen Wein, Bier oder Schnaps so einige Problemchen.

Wir mussten höllisch aufpassen die richtigen Stufen zu erwischen. Wenn nicht, ging es steil einen Abhang hinunter. Aber es ist nie etwas passiert und diese Abende blieben uns immer in guter Erinnerung.

Als wir uns am Ende dieses Urlaubs von unseren Freunden verabschiedeten, konnten wir nicht ahnen, dass wir im nächsten Jahr nicht in Opatija dabei sein würden. Unser lang ersehntes zweites Kind war dafür noch zu klein. Es war wieder ein Sohn, Dirk. Ich habe mir eigentlich zwei Mädchen gewünscht, (wahrscheinlich, weil ich einen Bruder hatte) doch irgendjemand hat mir einen Strich durch meine Rechnung gemacht. Trotzdem war ich unheimlich glücklich.

Im darauffolgenden Jahr trafen wir uns alle in Opatija wieder. Dirk war 16 Monate alt und jeder aus unserem Kreis hatte mit ihm großen Spaß. Aber Dirk war ein schlechter Esser. Die meiste Zeit versuchten wir ihn zum Essen zu überlisten.

Die Babygläschen, extra aus Deutschland mitgebracht, schmeckten ihm meistens auch nicht, und oft genug hat er einfach alles wieder ausgespuckt. Die größte Geduld mit Dirk hatte doch tatsächlich mein Schwiegervater. Ich habe ihn deswegen immer bewundert. Mit seiner Engelsgeduld war er als Großvater einfach toll.

Als Vater war ich vielleicht nicht so geduldig wie er, aber viele Jahre später bei meinem Enkel hab` ich es genauso gemacht. Mit einem 16 Monate alten Kleinkind waren die Urlaubstage stressiger für uns.

Von Marias Verwandtschaft bekamen wir eine kleine Sportkarre. Das war unser großes Glück, denn jeden Tag in der Mittagshitze haben Vera und ich uns auf den Weg gemacht und Dirk zum Schlafen hingelegt.

Der Weg mit dem Kinderwagen durch den Park hinauf zur „Ul. Maršala Tita" war beschwerlich, es ging steil bergauf, dass wir außer Atem waren. In der Pension angekommen, waren wir geschafft, so dass wir uns mit ihm schlafen legten. Ausgeruht und gestärkt, ging es danach wieder zurück zum Lido.

Unsere Truppe wurde wieder erweitert, von Lisbeths Verwandtschaft kam eine kleine Jugoslawin dazu. Sanja hieß sie und war so alt wie Frank. Ihre Eltern haben wir auch kennengelernt, sie wohnten in dem großen Haus, direkt neben unserer Pension, oben in der dritten Etage.

Von ihrem Fenster bis zum ca. 15 m entfernt stehenden Baum hatten sie eine Wäscheleine gezogen. Darauf hängten sie die frisch gewaschene Wäsche zum Trocknen. Durch einen (für uns komplizierten) Mechanismus wurden die Klamotten auf der Leine bis zum Baum und wieder zurückgezogen.

Sanjas Eltern haben uns einmal ihre Wohnung gezeigt, wir waren überrascht, wie groß sie war, hohe Zimmer, schätzungsweise 100 qm. Sie hatten von ihrem Fenster einen fantastischen Blick über den Park, die Kvarner-Bucht bis nach Krk und Rijeka.

Auch dieser Urlaub verlief wie die vorherigen. In diesem Jahr konnten wir wieder ein besonderes Fußballereignis im heimischen TV verfolgen. Es war die Europameisterschaft und wieder bei Jacic. Gerappelt voll war die kleine Stube, wir hatten viel Spaß mit den sogenannten „Fußball-Experten" in unserer Mitte.

Wenn der Schiedsrichter die hätte sehen oder hören können, er hätte seinen Beruf aufgegeben. Sie wussten nämlich alles besser!

Unser Vater war auch dieses Jahr wieder besonders gut drauf, er organisierte die tollsten Ausflüge in die Umgebung. Wir waren ja so einiges von ihm schon gewöhnt, freuten uns immer besonders darauf, doch dieses Jahr übertraf er sich selbst.

Die ganze Truppe fuhr z. B. mit dem Bus nach Kastav, zu einer alten Festung „Aleja-Velikana", oben in den Bergen. Ein anderes Mal ging es nach Veprinac, lag ebenfalls hoch in den Bergen aber Richtung Učka. Dort zeigte er uns den Bau des neuen Tunnels durch den Učka, hier wurde dann die Autobahn nach Rijeka gebaut.

Übrigens, vorher waren wir noch zum Essen in einer alten Gostiona, die meine Schwiegereltern aus vorigen Urlauben kannten. Hier gab es die besten Grillhähnchen weit und breit.

Und unser Jüngster im Kinderwagen war immer dabei. Der Rückweg vom

Učka, zurück nach Opatija, ging über Ičici und Ika. Für alle fast eine halbe Weltreise.

Für das Jahr 1973 hatten wir uns eigentlich wieder in Opatija verabredet. Doch es kam alles anders. Aus welchem Grund auch immer, ich kann es nicht mehr nachvollziehen, entschieden sich meine Schwiegereltern und meine Frau für einen neuen Urlaubsort. Ich hatte nichts dagegen etwas Neues kennen zu lernen. Sie buchten einen Urlaub nach Spanien an die Costa Brava, nach Lloret de Mar.

Das gefiel mir überhaupt nicht, doch des lieben Friedens willen habe ich zugestimmt. Schwierig war es für mich, meine Firma machte im Sommer nämlich Betriebsferien und der Urlaub in Spanien war für Oktober gebucht. Im Oktober wäre es in Spanien noch warm genug, hieß es, sonst würden nicht so viele Deutsche sogar im Winter dort Urlaub machen.

Irgendwie kamen in diesem Urlaub kleine Unstimmigkeiten auf. An Urlaub mit Schwiegereltern war ich gewöhnt, doch in Spanien kamen meine Frau und ich nicht so gut miteinander aus. Die Mentalität der Spanier lag mir und meiner Frau so gar nicht.

Vera hatte sich nach der Geburt unseres zweiten Kindes irgendwie verändert. Ich liebte sie über alle Maßen, aber etwas stimmte nicht. Sie war immer etwas Besonderes, aber jetzt, hier in Spanien, kam ich nicht mit ihr klar. So bemerkte ich z. B., dass sie ihre Augen nicht von bestimmten Typen lassen konnte. In Opatija waren es Männer mit Schnauz- oder 3-Tage-Bart.

Es waren dann Ungarn oder Süditaliener. Am Strand von Lloret de Mar sah ich genau diesen Typ Mann. Einer hat uns wohl genau beobachtet, denn er verfolgte uns bis ins Hotel. Eines Abends, wir kamen gerade von einem Flamencoabend zurück und wollten in der Hotelbar noch einen Drink als Absacker nehmen.

Dabei blieb es aber nicht. Die Eltern mit den Kindern waren schlafen gegangen, so blieben wir alleine an der Bar. Ein Drink, und noch ein Drink, wir kamen mit den Einheimischen ins Gespräch, aber nur mit Händen und Füßen, denn Spanisch sprach keiner von uns.

Mit ein wenig Englisch ging es dann doch. Im TV zeigten sie gerade einen Stierkampf. Das war Anlass, mich darüber aufzuregen. Für mich war es Tierquälerei, und ich beschwerte mich lautstark. Dabei tat der Alkohol sein Übriges. Da sah ich, dass ein schnauzbärtiger Italiener neben meiner Frau saß und sie sich angeregt unterhielten.

Ich war neugierig und versuchte zu lauschen, was die sich wohl erzählten. Er hieße Lorenzo, bekam ich mit. Italiener sei er, allerdings von der Insel Krk aus Jugoslawien stamme, demnächst wahrscheinlich nach Budapest wegen eines Jobs müsse. Das hätte mich stutzig gemacht, wenn ich nicht ein oder zwei Gläser über den Durst getrunken hätte.

Ich konnte nicht mehr und verabschiedete mich mit den Worten: „Vera, komm und mach keinen Quatsch, ich warte auf dich und schließe nicht ab." Wie ich ins Zimmer gekommen bin, weiß ich nicht, wann meine Frau heimkam, kann ich auch nicht sagen. Ich weiß nur, dass sie am nächsten Morgen neben mir im Bett lag als ich aufwachte.

Ich habe von ihr zu dem Abend keinen Kommentar gehört. Da ich mit dem Spanien-Urlaub ja schon vorher nicht so recht einverstanden war, habe ich einfach alles verdrängt. Diese 14 Tage waren dann auch ohne weitere Vorkommnisse schnell vorbei.

Auf dem Rückflug waren wir uns beide einig und versprachen uns, nie wieder in Spanien Urlaub zu machen.

Das Land, die Leute, die Mentalität der Spanier lag uns nicht. Einen triftigen Grund dafür gab es eigentlich nicht, vielleicht war es für uns persönlich nicht der richtige Ort. Dabei blieb es dann auch.

Pech im folgenden Jahr! Ich hatte gleich zu Anfang des Jahres einen Betriebs-Unfall in der Firma. Dabei brach ich mir das linke Sprunggelenk, Wadenbeinbruch, musste ins Krankenhaus. Eine schwere Operation folgte, und ich sollte 6 Monate mit dem linken Bein nicht auftreten. Für mich eine schlimme Zeit, denn ich war das erste Mal in meinem Leben im Krankenhaus.

Bis dahin war bei meiner Frau keinerlei Veränderung festzustellen. Durch meine stressige Arbeit in der Firma war ich vorher abgelenkt, bemerkte aber erst jetzt, als Vera mich im Krankenhaus besuchte, dass sie schwanger war. Ich war so überrascht, dass ich nicht reagieren konnte.

Wir haben immer zwei Kinder gewollt, mehr eigentlich nicht. Ich wusste in diesem Moment nicht, soll ich heulen oder in Freudentränen ausbrechen?

Mit meiner Krankheit war ich viel zu sehr beschäftigt, darum machte ich mir auch keine Gedanken über den bevorstehenden Opatija-Urlaub. In den nächsten 6 Monaten durfte ich gar nichts unternehmen, so die Auskunft der Ärzte.

Der Urlaub in Opatija war zwar fest eingeplant, nur wusste ich nicht, wie lange der Gips dranblieb und wie lange ich die Gehhilfen brauche. An Urlaub war für mich nicht zu denken. Meinen Schwiegereltern fiel die beste Lösung für alle ein. Sie konnten ihre Tochter überreden mit ihnen im Reise-Zug Anfang Mai nach Opatija zu fahren.

Um mich brauchten sie sich eigentlich keine großen Sorgen machen. Sie wussten, dass ich allein zurechtkomme, zumal ich ja noch krankgeschrieben war.

Dagegen hatte ich keine Argumente, Vera war zwar schwanger, doch eine Zugfahrt und ein ganz normaler Urlaub mit den Eltern konnte nicht schaden, zumal unsere beiden Kinder mitfuhren.

Ich machte mir dagegen weit mehr Gedanken über meine schwangere Frau, als mir lieb war. Hier zu Hause konnte ich ihr nicht helfen, war gehandicapt mit meinen Krücken. Sie wollten 8 Wochen in Opatija bleiben, wie es die Schwiegereltern immer machten.

Wir scherzten sogar darüber, falls in der Zeit die Wehen einsetzen würden, was zu machen sei. Veras Eltern meinten, dann kommt das Kind in Opatija zur Welt, dort haben sie auch gute Ärzte und eine gute Klinik. Sie wären ja dabei, und was sollte schon passieren.

Zu Hause hätte ich auch nicht helfen können. Diese Überlegungen meiner Schwiegereltern waren wohl gut durchdacht. Schließlich gab ich nach und sie fuhren alle fünf mit dem Reisezug nach Opatija.

Mir blieb nur eine Option: telefonieren. Das allerdings war ein großes Problem. Keiner unserer Bekannten in Opatija hatte ein Telefon. Weder Boris und Maria, noch Jacic, auch die Bekannten von Lisbeth nicht.

Ich musste darauf warten, dass Vera mich anrief. Das ging aber nur, wenn sie zur Post ging, ein Gespräch nach Deutschland anmeldete, wartete bis die Verbindung zustande kam, erst dann konnte ich ihre Stimme hören.

Billig war das aber nicht. Es war ja schließlich ein Land hinter dem „Eisernen Vorhang" in dem vielleicht sogar Gespräche abgehört wurden. Bezahlt werden musste in Dinar. Tagelang hörte ich aus Opatija nichts. Von meinen Schwiegereltern war alles geschickt eingefädelt. Ich war der Einzige, der keine Ahnung hatte.

Sie wussten anscheinend, dass ich nicht Vater des Kindes sein konnte. Meine Frau hatte ein gutes Verhältnis zu ihrer Mutter, sodass ich manchmal neidisch war. Es war ein starkes Band zwischen den beiden. Mutter und Tochter eben! Ich kannte so etwas nicht.

Sie hatte ihren Eltern wegen ihrer plötzlichen Schwangerschaft wohl reinen Wein eingeschenkt. Auch über Lorenzo, den Italiener von der Insel Krk, wussten sie Bescheid.

Sie hatten in Opatija mit ihm Kontakt aufgenommen. Wie sie das angestellt hatten, haben sie nicht verraten. Für ihn war es einfach, von der Insel Krk nach Opatija zu kommen. Das allerdings habe ich erst viel später von Vera erfahren und dass Lorenzo sogar bei der Geburt dabei war.

Einige Tage danach hat er dann seinen Sohn, mit Veras Erlaubnis, zu sich genommen und ist mit ihm nach Italien gereist. Einige Zeit später rief mich Vera an und beichtete mir unter Tränen die ganze Geschichte.

Ich wusste nicht was ich sagen sollte, kochte aber vor Wut. Zum Glück war sie weit weg. Ich weiß nicht wie ich reagiert hätte, wäre sie in meiner Nähe gewesen.

Begreifen konnte ich das alles nicht. Dachte ich doch, dass Vera mein Kind zur Welt bringt. Da die Eltern bei ihr waren, habe ich mir um sie keine großen Sorgen gemacht. Bis zu Veras Anruf hatte ich keine Ahnung von all dem und ihr vertraut.

Vera blieb noch einige Zeit in Opatija, das war auch gut so, so konnte ich es mit mir alleine ausmachen und verarbeiten. Ich liebe diese Frau, schon immer, aber so etwas habe ich von ihr nicht erwartet. Es muss einen Grund für alles geben, das sollte sie mir bitte erklären.

Damit war ich noch nicht fertig und wusste überhaupt nicht, wie ich damit umgehen soll. Durch ihre Abwesenheit und das lange Kranksein hatte ich viel Zeit, mir die Geschichte immer wieder durch den Kopf gehen zu lassen. Gott sei Dank war sie weit vom Schuss.

Trotzdem meine Frau mich betrogen hat, die Geschichte mit dem Kind, liebte ich sie immer noch und vermisste sie und unsere Jung`s sehr.

Auch ihr ging es so, sie wollte einfach nur vergessen. Es war nicht einfach, doch wir fanden wieder zueinander und die Welt war in Ordnung, dachten wir. In stillen Stunden kamen die Gedanken daran immer mal wieder, doch ich zwang mich dazu, sie zu ignorieren. Über ein halbes Jahr dauerte es, bis ich wieder ich selbst war.

Der Betriebsunfall war mittlerweile auch abgehakt. Wir hatten uns ausgesprochen und sahen guten Mutes in die

Zukunft. Niemand, außer uns und den Eltern, wusste von diesem Ausrutscher. So benahmen wir uns bei unseren Freunden und Urlaubsbekannten, als wäre nichts gewesen. Deshalb hatten wir Opatija im Jahr 1975 wieder fest in der Urlaubsplanung.

Durch meinen Betriebsunfall gab es so einige Kämpfe mit der Berufsgenossenschaft, dem Verwaltungsgericht und den behandelnden Ärzten. Es ging um eine Entschädigung, weil es doch ein Arbeitsunfall war. Bekomme ich eine Unfallrente wegen des Unfalls oder nicht? Als feststand, dass ich eine Berufsunfallrente bekommen würde, habe ich meiner Frau von einem meiner größten Wünsche erzählt.

Schon als kleiner Junge habe ich davon geträumt, einmal in die USA zu reisen. Wenn die Unfallrente gezahlt wird, werden wir diese Reise machen. Wir fuhren aber erst einmal wieder nach Opatija.

Meine Angst fuhr mit, ich wollte auf keinen Fall mit dem Vater dieses Kindes Kontakt haben.

Vera sagte ich nichts von meiner Angst, sie sollte unbeschwert nach Opatija fahren, sie sagte sogar, dass das Kapitel für sie abgeschlossen sei. So einfach glaubte ich es nicht. Ich konnte mir nicht vorstellen, dass eine Mutter ihr Kind vergessen kann.

Wie ein Bodyguard passte ich auf sie auf, beobachtete jeden Schritt und jedes Telefonat, das sie führte. Es schien aber alles in bester Ordnung zu sein.

Als wir in Opatija ankamen, sah die Welt schon wieder ganz anders aus. Wir trafen mit unseren Freunden und Bekannten zusammen, und keiner hatte auch nur den Hauch einer Ahnung.

Ich beobachtete alle genau und kam zu dem Schluss, dass niemand meine Frau schwanger gesehen hat. Schnell waren meine Bedenken verflogen. Wir erlebten wie immer eine schöne Zeit.

Mein Schwiegervater hatte mal wieder ein Boot gemietet, eine Schiffsreise entlang der jugoslawischen Küste vereinbart. Um den Preis für jeden niedrig zu halten, fragte er einige Fremde im Freibad und im Hafen, ob sie mitfahren wollen.

Es ging in die Bucht von Plomin. Mit dem Boot war es eine ganz schöne Strecke. Dort gab es eine Stelle an der wir anlegen konnten. Also alle runter vom Boot und dann machten wir es uns am menschenleeren Strand gemütlich. Der Grill wurde aufgebaut und das mitgebrachte Fleisch gegrillt. Natürlich hatten wir auch Getränke dabei.

Erst am späten Nachmittag ging die Reise wieder zurück nach Opatija. Auf der Rückfahrt wurde gesungen, jemand spielte Schifferklavier. Wer da keinen Spaß hatte, war selbst schuld!

Kurz vor der Einfahrt in den Hafen von Opatija erlebten wir eine Überraschung. Sepp, der Mann von Lola, Cousine meiner Schwiegermutter, sprang einfach über Bord und wollte zum Lido schwimmen.

Er hatte zu tief ins Glas geschaut. Versuche ihn aufzuhalten brachten nichts, er hatte einen Sturschädel. So hofften wir nur, dass ihm nichts passierte. Es ging Gott sei Dank alles gut. Für einen besonderen Kick oder Blödsinn war Sepp immer gut.

So erlebten wir ihn, als wir wieder mal in der Striptease-Bar waren. Nachdem die jungen Tänzerinnen mit ihrer Darbietung fertig waren und von der Tanzfläche verschwanden, kam eine ältere Jugoslawin, so ein „Oma-Typ" und sammelte die ausgezogenen Klamotten ein. Sepp applaudierte ihr genau wie den Tänzerinnen. Wir mussten ihn sogar davon abhalten mit der alten Dame zu tanzen.

Ein anderes Mal, als wir wieder einmal von Bregi heimgingen, meinte Sepp leicht angeheitert, eine Abkürzung zu kennen. Unsere Einwände, das sei zu gefährlich, überhörte er. Die vielen Stufen waren ihm zu lästig, er sprang einfach einen Abhang hinunter, weil es angeblich kürzer war. Dass er sich dabei nicht die Knochen brach, war sein Glück.

In unserer Pension hatte ein, bis jetzt unbekannter Mann, ein Zimmer gemietet. Was der allerdings in seinem kleinen Zimmer tat, war sehr geheimnisvoll. Jeder machte sich seine eigenen Gedanken, er sah aus wie ein Travestiekünstler, ging immer in die Striptease-Bars.

Das Rätsel um ihn löste dann meine Schwiegermutter, in dem sie ihn eines Tages einfach mal nach seinem Beruf fragte. Er fühlte sich sogar geehrt, so bewundert zu werden. Keiner hatte mit so was gerechnet. Knezchen, so nannten wir ihn, hatte da drin eine Nähmaschine und entwarf und nähte die tollsten Kostüme für die Striptease-Tänzerinnen.

Sie kamen sogar zur Anprobe in sein Zimmer. Dadurch waren die wildesten Gerüchte über ihn in Umlauf. Nachdem wir aber von meiner Schwiegermutter wussten was er tatsächlich machte, verstummten die Gerüchte.

Der Wirt vom Restaurant Lido konnte auch in diesem Jahr wieder mit etlichen Geburtstagsfeiern rechnen. Manchmal bestellten wir das Essen nach seiner Speisekarte, oder mein Schwiegervater vereinbarte, dass er für die ganze Mannschaft das Hauptgericht mitbringen durfte. Selbst gekocht!

Die Beilagen, Gemüse oder Nachtisch lieferte der Wirt, die Getränke natürlich auch. Wie er das mit der Bezahlung machte, war sein Geheimnis. Dann wurde in der Küche von Jacic kräftig gebrutzelt und gekocht. Gefeiert haben wir meist bis spät in die Nacht hinein.

Weil das Lokal keine Nachbarn hatte, konnte die laute Musik auch niemanden stören.

Am nächsten Tag war Erholung (von der Fete) angesagt. Wir mussten nur aufpassen, dass wir, wenn wir so lustlos in der Sonne lagen, keinen Sonnenbrand bekamen. Die Sommer in diesen Jahren waren so sonnenintensiv, dass Heinz manchmal an den Strand kam, zum Himmel schaute und einen lustigen Spruch losließ: „Scheiß Urlaub, kein Regen."

Dem konnten sich alle anschließen. Einmal sagte ich: „Sollte es aber einmal richtig regnen, bleib ich stehen, wo ich bin und lass mich total nass regnen."

Alle belächelten mich, kann ja jeder sagen, wenn kein Regen in Sicht ist. Aber es kam der Tag, als Veras Vater mal wieder zum Učka schaute und meinte: „Das sind Regenwolken, gleich kriegen wir einen Guss."

Eigentlich glaubte ihm keiner, doch vorsichtshalber packten wir unsere „Siebensachen" zusammen und machten uns auf den Heimweg.

Durch den Park kamen wir noch trockenen Fußes, kaum waren wir oben an der Hauptstraße angekommen, schüttete es wie aus Eimern. Ich löste mein Versprechen ein, stellte mich so wie ich war mitten auf die Straße, ließ mich richtig nass regnen und genoss das auch noch. Das war auch nur möglich, weil während dieser Zeit kein Auto auf der Straße war. Das hat niemand geglaubt, aber versprochen ist versprochen.

In diesem Jahr hatten wir ein aufregendes Erlebnis. In Opatija war eine Fallschirmspringer-Meisterschaft, mehrere Nationen waren beteiligt. Der Wettkampf fand am Slatina-Bad statt, denn dort landeten die Springer. Wir hatten es uns im Garten des Jadran gemütlich gemacht und schauten den Sprüngen aus dem Flugzeug zu.

Unter tosendem Jubel der Zuschauer versuchte jeder Fallschirmspringer eine Punktlandung hinzulegen. Während die Springer nach und nach das Flugzeug verließen, sahen wir und waren erschrocken, dass ein Fallschirm sich nicht öffnete. Er fing an zu trudeln während der Springer verzweifelt an den Leinen zog.

Wir befürchteten schon das schlimmste, doch ca. 10 oder 15 m vor der Wasseroberfläche hatte er es geschafft, den Reserve-Schirm zu öffnen. Die letzten Meter fiel er wie ein Stein ins Meer. Zum Glück war ihm nichts passiert, aber uns saß der Schreck schon in den Gliedern.

Urlaubsende! Heimreise! Dieses Mal wollten wir nicht in einem Rutsch durchfahren. In Bayern übernachteten wir ungefähr nach der halben Strecke. Immer dieselbe Fahrtroute: Von Opatija in Richtung Matulji weiter über Postojna, Slowenien, Österreich und dann nach Hause.

Wie üblich saßen beide Kinder auf der Rückbank. Dirk im Kindersitz direkt hinter mir. Gerade als ich Matulji verließ, musste ich leicht bremsen. Damit war mein Jüngster gar nicht einverstanden, er hat sich übergeben müssen, direkt in meinen Nacken.

Hieß also: Rechts ranfahren, Klamotten wechseln und mit Wasser aus 'ner Wasserflasche so gut es ging, alles säubern. Den Geruch von saurem Essen hatte ich noch stundenlang in der Nase. So etwas war uns während unserer Urlaubsfahrten Gott sei Dank nur einmal passiert.

Zu Hause erwartete mich wieder der ganz normale Wahnsinn, der Alltag!

Für das kommende Jahr planten wir einen weiteren Urlaub in Ungarn, mit dem Hintergedanken, den Vater von Veras Kind zu finden, der ja angeblich nach Ungarn wollte. Ich bemerkte wie unruhig Vera wurde, je näher der Urlaubstermin kam.

Die Schwiegereltern wollten unsern Ältesten mit nach Opatija nehmen. Für ihn war das toll, er liebte seine Großeltern über alles, zudem kannte er sich in Opatija aus. Heimweh würde er bestimmt nicht bekommen.

Unsere Planung für Ungarn führten wir sorgfältig durch. Ungarn kannten wir noch nicht, es sollte ja nichts schief gehen. Trotz aller Nachforschungen würde es ein wohlverdienter Urlaub werden, der mit einigen Tagen in Opatija enden sollte. Mit unserem 142er Volvo wagten wir diese Reise hinter den „Eisernen Vorhang", und sie würde hoffentlich ohne Pannen und größere Schwierigkeiten ablaufen.

Mit unserem 5-jährigen Sohn Dirk starteten wir die Tour Richtung Ungarn. Was uns in der Tschechoslowakei und in Ungarn erwarten würde, wussten wir nicht. Dass wir mehr als einmal durch die Zöllner kontrolliert werden würden, stand fest.

Unser erstes Ziel waren die Orte Marienbad und Karlsbad in der Tschechoslowakei. Von da weiter über Pilsen, Budweis direkt in die österreichische Hauptstadt nach Wien. Von dort aus über die Grenze nach Budapest.

Die Grenzkontrollen waren immer die gleichen. Auch mit Spiegeln unter das Auto schauen, kannten wir schon von Fahrten in die DDR.

Das Verrückte war, wie finden wir einen Lorenzo Simonetti in Budapest? Wir waren der Landessprache nicht mächtig, mit unseren wenigen Englischkenntnissen hatten wir gar keine Chancen.

Unser Vorhaben war eigentlich von Anfang an zum Scheitern verurteilt. In Budapest übernachteten wir in einem sehr schönen, alten Hotel direkt am Ufer der Donau. Wir erzählten unsere Geschichte dem Empfangschef, der glücklicherweise Deutsch sprach und überaus freundlich war, waren sehr überrascht, dass er uns helfen wollte. Doch auch er sah leider keine Chance einen Lorenzo Simonetti ausfindig zu machen. In den bekanntesten Restaurants und Hotels erkundigte er sich, fand aber nirgends einen Anhaltspunkt über Lorenzo. Wir überlegten lange, gaben dann unsere Suche auf.

In Budapest hatten wir großes Glück, dass wir nicht beim Schwarztauschen (DM in Forint) erwischt wurden! Unser Aufenthalt hätte hier ein unrühmliches Ende nehmen können.

Im Vorfeld habe ich meiner Frau versprochen, dass ich mit ihr die Suche starten würde. In Ungarn haben wir dann aber gemerkt, dass eine solche Suche ohne Anhaltspunkte zwecklos ist und beschlossen, uns nicht mehr darum zu kümmern.

Nach einigen schönen Tagen in Budapest wollten wir jetzt so schnell wie möglich unseren Sohn und die Schwiegereltern in Opatija besuchen. Ohne Hektik fuhren wir Richtung Balaton, den See entlang weiter nach Jugoslawien. An der Grenze zu Jugoslawien wurden wir wieder, wie üblich, genauestens unter die Lupe genommen.

Das konnten wir schon gar nicht mehr begreifen. In der Tschechoslowakei verständlich, in Ungarn okay, aber nochmals an einer Grenze die in ein Freundesland des Ostblocks führte, wieder diese Schikanen? Unbegreiflich für uns! Das deutsche Kfz-Kennzeichen war wohl der Grund dafür!! Wir hatten ja nichts zu verbergen, daher war uns das alles sch...egal.

Unsere Fahrt ging weiter über Zagreb, Karlovac, Rijeka nach Opatija. Wir erreichten die Pension in den frühen Morgenstunden, parkten leise unseren Wagen auf dem Gelände der Feuerwehr und wollten die Eltern aus den Betten werfen.

Wir warfen kleine Steinchen gegen die hölzernen Fensterläden und siehe da, Sohnemann hatte uns schon kommen hören. Großes Hallo und große Freude auf beiden Seiten. Jetzt hatten wir noch 14 Tage Urlaub mit der gesamten Familie.

Unsere Eltern wussten von dieser Reise nur, dass wir Budapest bereits lange auf der Liste unserer Urlaubsziele hatten. Die näheren Umstände brauchten sie auch nicht wissen. Lorenzo Simonetti wollten wir ein für alle Mal vergessen. Ob meine Frau das auch wirklich konnte, bezweifelte ich.

Die restlichen 2 Wochen vergingen wie im Flug. Das schöne Urlaubsleben hatte uns wieder. Die Tage verbrachten wir so wie in den letzten Jahren.

Unsere Truppe der letzten Jahre hatte sich kaum verändert. Unsere „Pintenabende" fanden statt, das Lido war wie immer.

Einige Neuigkeiten hielt Opatija doch für uns bereit. Kurz vor dem Busbahnhof gab es eine neue Gostiona, hinten im Hof, da konnten wir sehr gut essen und trinken und der Preis stimmte auch.

Obwohl sie von der Straße nicht direkt zu sehen war, haben viele Urlauber sie entdeckt, die Einheimischen sowieso. Die Tische und Bänke waren immer gut besetzt, daran erkannten wir, dass das Essen allen schmeckte.

Und im Grand Hotel Palace, oben auf der Terrasse spielte eine neue Band zu jugoslawischer und internationaler Musik. Es war ein Vergnügen ihnen zuzuhören.

Auch von dort der fantastische Ausblick auf die Bucht, der Mond spiegelte sich silbern im Meer und wir beide beim Tanzen, Romantik pur! Auf unseren Wunsch spielte die Kapelle für uns das Lied „L`arca di Noè", und der Abend war einfach super.

Wir fuhren ohne Frank heim, er blieb noch bei den Eltern, es waren ja auch noch Schulferien. Von unseren Freunden verabschiedeten wir uns „bis zum nächsten Jahr", dann konnten wir nur noch in den Schulferien urlauben.

Dirk war dann 6 Jahre alt und eingeschult. (Zwei Kinder vorher aus der Schule zu nehmen war schon sehr viel schwieriger.)

Weil ich neuerdings eine Unfallrente bekam, hatte ich mir fest vorgenommen, meine Frau davon zu überzeugen, mit mir 1979 den großen Sprung über den Atlantik zu wagen und einmal in den Vereinigten Staaten von Amerika Urlaub zu machen.

Das funktionierte, Vera gab grünes Licht und wir erlebten einen unglaublich schönen Urlaub in Florida. Meine Frau träumte davon einmal New-Orleans zu sehen. Den Wunsch habe ich ihr in diesem Jahr erfüllt.

Zeitgleich waren unsere beiden Kinder mit den Eltern in Opatija. Wir wussten, sie fühlen sich dort pudelwohl mit Oma und Opa.

Das nächste Jahr, es war 1980, besuchten wir wieder die USA, (wieder ohne Kinder) machten aber anschließend einen zweiten Urlaub mit ihnen in Opatija. Für das Jahr 1981 versprachen wir den Kindern, sie mit in die USA zu nehmen. Ein Urlaub der ganz anderen Art. In den folgenden Jahren hat uns das USA-Fieber gepackt. Abwechselnd reisten wir mal in die USA, mal nach Jugoslawien.

In einem Jahr bemerkten wir in Opatija zum ersten Mal, dass die Wasserqualität der Kvarner-Bucht erheblich nachgelassen hatte. Es kamen viele Urlaubsgäste aus aller Welt, das Meerwasser wurde immer schmutziger.

Die großen Hotels lassen einfach ihre Abwässer in die Bucht fließen, wurde uns hinter vorgehaltener Hand von den Einheimischen erzählt. Wir konnten das an verschiedenen Stellen sehen, wenn wir den Lungomare entlang spazierten. Es war nicht mehr schön und es stank auch stellenweise, sodass wir beschlossen Opatija vorerst zu meiden.

Am 4. Mai 1980 verstarb Jugoslawiens Staatspräsident Josip Broz Tito im Alter von 87 Jahren. Ein kollektives Staatspräsidium mit jährlich wechselndem Vorsitz aus den jeweiligen Republiken bzw. autonomen Provinzen übernahm die Regierung in Jugoslawien. Die einzelnen Provinzen wie Kroatien, Slowenien, Serbien usw. konnten sich nicht einigen. Jede Provinz wollte eigenständig sein.

Es war ein langer Weg und so kam es dann ja auch von 1991 bis 1999 zu den Balkankriegen. Irgendwann war auch der letzte Krieg beendet und das frühere Jugoslawien, was wir bisher kannten, hieß nun (seit 1991) Kroatien.

Kroatien war von nun an ein selbst-
ständiger und souveräner Staat. Jugoslawien wurde in einzelne Regionen
aufgeteilt: Slowenien, Bosnien, Mazedo-
nien, Kosovo usw.

In diesen Jahren haben wir überhaupt
nicht daran gedacht dort Urlaub zu machen. Die Eltern jedoch sind sogar während dieser Zeit einige Male in Opatija
gewesen.

Wir konzentrierten uns aber auf einen
lang gehegten Wunsch. Zur Jahrtausendwende ab nach Florida, und dann
drei Monate in Fort-Lauderdale bleiben!
Für uns ein Lebenstraum, der wirklich
wahr wurde!

Sogar unser „Ältester" - mittlerweile
selbst Vater eines Sohnes - mit Freundin
und Enkelsohn besuchten uns über die
Jahrtausendwende. Es waren traumhaf-
te 3 Monate in Florida. Wir waren beide
der Meinung, nichts, aber auch gar
nichts kann Florida toppen.

Das dortige sonnige und immer warme Wetter gerade in den Herbst- und Wintermonaten taten uns so gut. Damals wussten wir noch nicht, dass die Liebe zu Opatija tatsächlich größer war als wir je dachten.

Von unseren Eltern hörten wir nur Gutes aus Opatija. Es sei schon viel modernisiert worden und die sanitären Anlagen auch schon auf westlichem Niveau. Wir ließen uns von deren Euphorie anstecken und wollten Opatija doch noch einmal selbst erleben und uns überzeugen, ob das, was sie uns vorschwärmten, auch Wirklichkeit ist.

Nach Ende des Kroatienkrieges 1991, hatten Veras Eltern sich im Hotel Kvarner ein Zimmer mit Meerblick genommen. Die Schwestern Jacic waren verstorben, die Pension gab es nicht mehr. Damals war das Hotel für uns unerschwinglich und deshalb ein Traum. Jetzt nach dem Krieg erschien uns das „Kvarner" bezahlbar.

Wie in vielen Jahren vorher fuhren wir natürlich auch wieder mit dem Auto nach Kroatien und buchten 2001 dasselbe Zimmer im Hotel Kvarner wie die Eltern vorher.

Sie selbst hatten sich zwischenzeitlich für ihren Urlaub den südlicheren Teil Kroatiens ausgesucht, und besuchten während ihrer Urlaube einige der schönen Inseln ganz in der Nähe von Split und Dubrovnik.

2001 erlebten wir im Hotel Kvarner den größten Schock unseres Lebens. Die Katastrophe kannte später jeder als „Nine-eleven".

Wir kamen gerade vom Schwimmen, gingen auf unser Zimmer und schalteten den Fernseher ein. Minuten später sahen wir auf CNN die fürchterlichen Bilder, als ein Flugzeug direkt in den Tower des World-Trade-Centers flog. Wir waren dermaßen geschockt, und konnten das gar nicht glauben.

Ich sagte zu Vera, dass es sich bestimmt um einen amerikanischen Film handelt, der gerade gedreht wird. Doch kurz darauf sahen wir das zweite Flugzeug in den anderen Turm fliegen. Da wussten wir, das kann kein Film sein, das ist Wirklichkeit!

Einige Jahre vorher waren wir mit unserem Sohn Dirk genau in einem Turm, der „TWINS", wie sie genannt wurden, und sahen New York von oben. Mit Entsetzen und einer gehörigen Portion Wut im Bauch verfolgten wir die weiteren Berichterstattungen über diese schreckliche Tat.

Wo wir hinsahen, wo wir hinfuhren und wo wir gerade waren, wurden diese Ereignisse immer wieder aktuell. Wir flogen schon 2002 wieder in die USA, mussten uns dann noch mehr Sicherheitschecks unterziehen.

Weltweit gab es kaum ein anderes Thema, alle sprachen nur noch von diesem Unglück. Später aber, im Jahr 2011, 10 Jahre danach sahen wir im Fernsehen in Florida die Nachricht von der Ergreifung und Ermordung Bin Ladens. Wir können uns noch genau an die ungläubigen und doch frohen Gesichter von Präsident Barack Obama und seiner Truppe erinnern, als sie diese Genugtuung dem amerikanischen Volk bekannt gaben.

Mit dem Wagen unseres ältesten Sohnes, einem Chrysler 300 M, den er uns für die Fahrt nach Opatija lieh, buchten wir 2003 ein Zimmer im Hotel Kvarner. Jetzt ein Außenzimmer mit Blick auf den Park und auf die kleine Kirche Sveti Jakov. Wir wunderten uns, dass der Parkplatz vor dem Hotel fast ausschließlich mit weißen Wagen und dem Logo der Blauhelme UHCR belegt war.

2004 reservierten wir das gleiche Zimmer im Hotel Kvarner. Wir wollten die Eltern in Kroatien überraschen, mussten das stornieren, denn sie waren in den Süden von Kroatien, in die Bucht Slano ins „Grand Hotel Admiral" geflogen. Es lag ca. 35 km vor Dubrovnik. Dorthin flogen wir heimlich auch hin und überraschten sie beim Frühstück im Hotel. Die Freude war unbeschreiblich.

Eines Abends machten wir gemeinsam einen Spaziergang entlang der Bucht zu einem Lokal. Auf dem Rückweg, es war bereits stockdunkel, hatte ich einen schweren Unfall. Ich wollte in der Dunkelheit einem entgegenkommenden Mopedfahrer ausweichen, machte einen Schritt nach links, stürzte von einer Brücke etwa 1 bis 2 m tief auf eine Betonplatte. Sie war im Dunkeln nicht zu sehen und hatte auch kein Geländer.

Dabei habe ich mir einige Rippen angebrochen und zwei glatte Brüche. Tag's darauf brachte man mich mit dem Krankenwagen ins Krankenhaus von Dubrovnik. Dort stellte man beim Röntgen diese Brüche fest.

Das hielt uns aber nicht davon ab 2005 nochmals mit den Eltern gemeinsam Urlaub im Hotel Kvarner zu machen. Bei der Begleichung der Rechnung hatte mein Schwiegervater große Schwierigkeiten mit dem Personal, sodass er beschloss: „Opatija sieht mich nie wieder." Er sollte Recht behalten, denn die Gesundheit der Eltern ließ eine Reise nach Kroatien nicht mehr zu.

Zwei Jahre ohne Opatija. Die Aussage meines Schwiegervaters hat uns davon abgehalten Opatija erneut zu besuchen.

Opatija doviđenja, Opatija!

2007 wollten wir dann doch noch ein letztes Mal die vielen Erinnerungen von Opatija Revue passieren lassen und endgültig Abschied nehmen. Die Vergangenheit ließ uns nicht los, so war Opatija doch noch mal ein Ziel.

Mit dem Auto wollten wir die lange Fahrt von 1250 km nicht mehr machen.

Zu anstrengend und zu teuer. 2 Übernachtungen in Österreich, Autobahngebühr, die Gebühr für die Fahrt durch den Karawankentunnel, dazu noch die Spritkosten, das alles war teurer als der Flug von Düsseldorf auf die Insel Krk und zurück.

Der Flug dauerte nur 90 Minuten und wir waren am selben Tag in Opatija. Für unser Alter von Mitte 60 nicht so anstrengend. Wir verbrachten unseren letzten Opatija-Urlaub im Hotel Kristal. Es waren wunderschöne 14 Tage. Was hatte sich nicht alles hier in der Zwischenzeit verändert?

8 lange Jahre sind inzwischen vergangen, wir schreiben das Jahr 2015. Jedes Jahr machten wir bisher 2 Monate Urlaub in Florida/USA. Wenn in unserer Heimat die kalte Jahreszeit begann, flogen wir nach Marco Island an den Golf von Mexico in Florida. Sommerfeeling pur erlebten wir bis in den Dezember hinein.

2013 war Kroatien der EU beigetreten, wie andere Nationen auch, und ist nie aus unserem Herzen verschwunden.

Erst in dem Jahr, in dem ich mich plötzlich wie aus heiterem Himmel dazu entschied, nicht mehr in die USA zu fliegen, war Opatija wieder präsent.

Meine Entscheidung nicht mehr in die Staaten zu fliegen traf ich, weil ich nicht mehr 10 Stunden im Flieger sitzen wollte. Das war tatsächlich der einzige Grund und als ich das meiner Frau sagte, war sie überhaupt nicht erstaunt, sagte spontan „gut so", fliegen wir eben wieder nach Opatija.

Das ist nicht so weit, der Flug von Düsseldorf zur Insel Krk dauert 90 Minuten, das wirst du überstehen. Da war ich so überrascht, ich war sprachlos! Aber wir müssen das nicht sofort buchen? Doch sie war anderer Meinung. Morgen früh gehen wir zum Reisebüro und buchen 2 Wochen Opatija!

Ich wusste nicht wie mir geschah. Wir waren am Abend ins Schwärmen gekommen, haben ein Glas Sekt darauf getrunken. Wir wussten sofort wo wir hingehen, was wir essen wollten und so weiter und so weiter.

Als ich morgens meine Augen aufschlug, sah ich in das glückliche Gesicht meiner Frau. Sie war bereits im Internet gewesen und fündig geworden und erzählte mir, wir gehen in das Hotel Milenij, das frühere Jadran.

Bei unserem letzten Besuch vor acht Jahren war das Milenij schon umgebaut, darum wussten wir genau, was uns dort erwarten würde. Im Internet konnten wir uns die web-site ansehen und waren begeistert.

Sie hatte schon ersten Kontakt mit einem Anbieter aufgenommen, der ihr einige Unterlagen darüber mailte. Er will sich zu einer bestimmten Uhrzeit bei ihr melden, um alles perfekt zu machen, sie müsse ja erst mit mir darüber reden, erklärte sie ihm.

Gott sei Dank kam sein Anruf zu spät, wir waren schon auf dem Weg zum Reisebüro. Der Agent war erstaunt, dass wir bereits wussten, wo wir in Opatija wohnen wollten. Wir kannten doch alles. Umso erfreuter waren wir, dass es ein Spezial-Angebot für ein Superior-Zimmer im Milenij gab.

Nachdem wir unterschrieben und mit Kreditkarte bezahlt hatten, sahen wir auf der Bestätigung, dass es nicht das Milenij, sondern das Sveti Jakov war. Zu Titos Zeiten nannte man es Hotel Atlantik.

Das kannten wir natürlich auch, nur war es damals noch im Umbau. Es war das Hotel, in dem ich früher mit meinen beiden Jungs oft zum Essen gegangen bin. Hier schmeckte uns das jugoslawische Gericht Muscalica am besten. Und wir trickstten das Personal aus, in dem wir nacheinander kamen und getrennt bestellten.

Beim ersten Besuch waren wir drei zur gleichen Zeit dort und bestellten das leckere Gericht. Es kamen dann drei Portionen in einer Schüssel (insgesamt weniger) und das reichte uns guten Essern nicht. Deshalb kamen meine Jungs auf die Idee getrennte Bestellungen aufzugeben. Das waren unsere Erinnerungen ans Hotel Atlantik.

Nach unserem Hinweis auf das falsche Hotel und unsere Frage nach einem Fahrstuhl, rief der Reisebüromensch direkt die angegebene Telefonnummer in Kroatien an.

So erfuhren wir folgendes: Ein 5-Sterne-Hotel nach internationalem Standard hat selbstverständlich für seine Gäste einen Fahrstuhl. Unsere Bedenken waren damit verflogen. Warum hatte es meine Frau nur so eilig mit der Buchung?

Dann fiel es mir siedend heiß ein, ihr Geburtstag stand an. Sie hat mir schon vor langer Zeit erklärt, dass sie Geburtstage nicht mehr feiern will. Unsere Kinder haben keine Zeit, und für zwei alte Tanten brauchen wir keine Feier mehr machen.

Dass aber auch unser Hochzeitstag an ihrem Geburtstag war, kam mir erst nicht in den Sinn.

Vera dachte bestimmt daran und ich glaube auch, dass es ihr ein richtiges Vergnügen bereitete, mich damit zu überraschen. In meiner Freude, wieder nach Opatija zu kommen, habe ich doch an so was nicht gedacht. Meine Gedanken drehten sich um und über Opatija. Schon eine wilde Hatz, die sich da in meinem Kopf abspielte!

Die Jahre bei Jacic, die Geburt unseres zweiten Sohnes (der ja in Opatija entstanden war). Sie haben damals versprochen, dass Dirk lebenslang freies

Wohnen bei ihnen hat. Aber leider leben sie nicht mehr, die Pension wurde verkauft.

Welch ein Wiedersehen? Was wird uns in Opatija heute erwarten? Fragen über Fragen - aber noch keine Antwort!

Jetzt bereiten wir uns also auf diesen Kurzurlaub vor. Warum eigentlich? Was soll schon in Opatija anders sein als sonst? Die Mentalität der Kroaten kennen wir.

Wenn ich an die vielen Bekannten denke, die Freunde von damals und die Kroaten in unserer Heimat, wie Jelka, Ljubi, Naza, was kann denn da schiefgehen?

Als wir Jelka erzählten, was wir vorhaben, fiel sie aus allen Wolken, auch Naza wollte es uns erst nicht glauben. Aber alle waren begeistert und haben uns Opatija in den schönsten Farben geschildert.

Dabei kannten wir doch alles, dachten wir! Vera kam auf die Idee, im Milenij mit unserer Buchungsnummer nachzufragen, ob die Möglichkeit besteht, ein Zimmer mit Balkon oder Terrasse zu bekommen. Auf der web-site vom Milenij haben wir gesehen, dass es angeboten wird.

Wir konnten es nicht glauben, aber wir sollten tatsächlich ein Zimmer mit Terrasse bekommen.

Unsere Begeisterung war unbeschreiblich. Das bestätigte uns, alles richtig gemacht zu haben, Opatija ist für die nächsten Jahre fest in unserer Planung. Opatija du hast uns wieder! Es dauert zwar noch einige Zeit, aber das Warten wird sich hoffentlich lohnen.

Warten wir auf den 4. Juni.

Einen Tag vor unserer Reise begann Vera die Koffer zu packen, wir wollten uns am Reisetag nicht damit stressen, des-

halb habe ich sie abends im Auto verstaut. Wir telefonierten und verabschiedeten uns von allen. Besonders
Opatijafahrer, es gab noch welche,
wünschten uns eine schöne Zeit.

Online-check-in gemacht, Bordkarten
ausgedruckt, alles andere war Routine.
Das kannten wir bisher nur von Delta-
Air mit der wir in die USA geflogen waren. Vorfreude kann ganz schön kribbelig machen.

Die Fahrt am Abreisetag zum Flughafen
Düsseldorf war ebenfalls Routine. Bei
langen Auslandsaufenthalten haben wir
uns von einem Flughafen-Shuttle fahren
lassen, jetzt fuhr ich selbst, hatte schon
im Voraus einen Parkplatz ganz in der
Nähe des Airports gebucht. Das war neu
für uns, aber kein Problem.

Als wir mit dem Shuttle den Flughafen
Düsseldorf erreichten, waren wir doch
ein wenig geschockt. Lange Schlangen
an den Schaltern kannten wir eigentlich

nicht mehr, doch da mussten wir durch. Am Check-in-Schalter ging dann alles wie am Schnürchen. Freundlicher Empfang, die Koffer wogen 17 und 18 kg. Reichlich unter der 23 kg Marke.

Aus den USA hätten wir jetzt noch einige Sachen mitbringen können, um die 23 kg zu erreichen, aber was sollen wir von Kroatien schon mitnehmen? Die Sonne, die Freundlichkeit der Kroaten kennen wir und das passt nicht in einen Koffer. Aber wir sollten noch sehr überrascht werden.

Die Maschinen der Fluggesellschaft waren klein, deshalb ging es nicht durch den Finger in die Maschine, sondern die Passagiere wurden mit Bussen über das Rollfeld an die Maschine gebracht.

Jetzt sahen wir ihn, den Mini-Flieger. 84 Sitzplätze hatte er und war damit das kleinste Flugzeug, mit dem wir jemals geflogen sind. Vielleicht war nur damals die Propeller-Maschine, als wir von der

Krim nach Sotschi am Schwarzen Meer geflogen sind, kleiner. Wir waren ja nur noch Überseeflüge gewohnt.

Ein neues Abenteuer begann. Ich fühlte mich wohl bei dem Gedanken, nur noch 1½ Stunden Flug vor mir zu haben und nicht wie sonst 10 bis 11 Stunden. Das sitzen wir doch auf einer Backe ab.

Kaum waren wir gestartet, dauerte es nicht lange, bis der Flieger langsam schon wieder in den Sinkflug ging, nachdem er eine Höhe von 12 000 Metern erreicht hatte. Er musste langsam Höhe verlieren und runter gehen, sonst wären wir über das Ziel hinausgeflogen, und er hätte die Landebahn auf Krk nicht erwischt. Beim Aufsetzen war er noch zu schnell und musste ganz schön in die Eisen gehen. Ende der Landebahn erreicht!

Es war wirklich ein Superflug. Beim Verlassen der Maschine sah ich einige Meter vor mir den Flughafen von Krk.

Er hatte sich in den vergangenen 8 Jahren nicht verändert, immer noch klein und niedlich.

Kroatien hatte uns wieder. Es waren fußläufig nur einige Meter und schon waren wir in der Ankunftshalle, zückten unsere Personalausweise, grüßten die Zollbeamten freundlich, warteten kurz am Gepäckband auf unsere Koffer und ab durch die Sicherheitstür.

Davor standen sie alle, die „Abholer", Männer und Frauen mit Schildern in der Hand, auf denen zu sehen war, welche Reisegesellschaft ihre Schäflein abholen wollte.

Sofort fiel mir ein junger Mann auf, der ein Schild mit unserem Namen trug. Ich hob kurz die Hand und schon hatten wir uns verständigt.

Brütende Hitze schlug uns entgegen, unsere Brillen beschlugen. Das kannten wir von Florida, da war es üblich.

Wir haben mit Hitze gerechnet und freuten uns darauf. Hoffentlich hat unser Fahrer eine Klimaanlage im Auto, dachte ich, während er die Koffer hinten im Kleinbus verstaute.

Wir waren die einzigen Gäste, die er zum Hotel bringen musste. Während der Fahrt nach Verlassen der Insel sahen wir uns die Gegend an und stellten fest, es hat sich so einiges verändert.

Früher mussten wir immer halb durch Rijeka fahren, um nach Opatija zu kommen. Heute war die Autostraße, genannt „Kvarnerska Autocesta", fertig. Darum sahen wir auch von Rijeka fast nichts mehr. Es ging ohne Unterbrechung auf der Autostraße weiter bis kurz vor Matulji. Hier bogen wir ab in Richtung Opatija. An Volosko vorbei auf der alten Strecke, die wir ja noch von früher kannten.

Was uns auffiel, alles war sehr viel sauberer und gepflegter. Die Schrecken des letzten Krieges, wie Schusslöcher in den Häusern, waren beseitigt. Nichts erinnerte noch an die schreckliche Zeit. Die Fahrt verging wie im Flug, dann bog er schon in die Einfahrt zum Hotel Sveti Jakov ein, fast gegenüber dem Hotel Kvarner.

Nachdem er unsere Koffer ausgeladen hat, sie waren während der Fahrt in verschieden Kurven einfach umgefallen, brachte er sie direkt in die kleine, aber feine Empfangshalle. Dort begrüßte uns ein freundlich lächelnder Page. (Ja, den gab es dort noch.)

Mit einem Glas eiskaltem Sekt wurden wir von der Rezeptionistin begrüßt. Die freundliche Empfangsdame brachte uns dann in die erste Etage zu unserem Zimmer.

Wir hatten zwar gehofft, ein schönes Zimmer zu bekommen, doch was wir hier sahen, das verschlug uns die Sprache. Es war groß und toll eingerichtet.

Wir schauten uns den Balkon an und whow, es war eine Terrasse von ca. 30 qm auf der wir tanzen könnten. Besser konnten wir es nicht treffen. Von der Terrasse sahen wir direkt auf den Park Svetog Jakova und auf das dahinter liegende kleine Kirchlein.

Ein paar Schritte weiter steht das Hotel Milenij, das frühere Jadran, welches wir eigentlich gebucht hatten. Gott sei Dank waren wir im Sveti Jakov untergebracht, ins Milenij wollten wir ganz bestimmt nicht mehr. Nach links geschaut sah man das Hotel Kvarner, da waren wir aber in guter Gesellschaft!

Alle Gebäude rundum waren zwischenzeitlich erneuert und mit frischem Anstrich versehen. Es sah schon toll aus. Das „Kvarner" kannten wir schon von 1968 an. Damals war es ein Traum dort einmal zu wohnen. Zu der Zeit für uns sicher unerschwinglich. Und doch haben wir eine unvergessliche Erinnerung an dieses Hotel.

1968 gingen wir eines Abends in die Bar des Hotels und hörten einen bekannten Sänger draußen auf der großen Terrasse. Er sang einen uns bekannten Schlager in deutscher Sprache, der jugoslawische Sänger Ivo Robic sang das Lied „Morgen".

Da haben wir ihn doch tatsächlich live erlebt!

Jahre danach, als die Kinder aus dem Haus waren, haben wir einige Male im „Kvarner" mit den Eltern gewohnt. Doch der Glanz, den das Hotel für uns damals ausstrahlte, war verflogen. Es war nur ein Hotel wie jedes andere auch. Jetzt, hier im Sveti Jakov, würde ich mit dem „Kvarner" nicht mehr tauschen wollen.

Die Freundlichkeit, die uns hier begegnet und das Gemütliche an diesem Hotel möchte ich nicht mehr missen. Wir machten von unserem Zimmer und der Terrasse erst einmal einige schöne Erinnerungsfotos.

Im Zimmer standen bei unserem Eintreffen: frische Blumen, ein Körbchen mit frischen Früchten und eine Schale mit hausgemachten Pralinen aus der hoteleigenen Schokolaterie.

Eine Flasche Sekt im Sekt-Kühler und ein freundliches Begrüßungsschreiben. Einladender geht es ja wohl wirklich nicht.

Nachdem wir unsere Sachen ausgepackt haben war „frisch machen" angesagt. Diese Hitze war wirklich schweißtreibend.

Gegenüber dem Haupthaus des Hotels Milenij befand sich ein Konsum, den es auch schon 1968 gab und den wir natürlich noch kannten. Dort kauften wir für den ersten Abend einige Flaschen Wasser mit Kohlensäure, noch eine Flasche Sekt brut, sowie ein Stück Käse für den kleinen Hunger am Abend. Eis für den Sekt hoffte ich im Hotel zu bekommen.

Wir hatten uns für diesen langersehnten ersten Abend vorgenommen, hinauf in den Grill direkt an der Boccia-Bahn zum Essen zu gehen, den Grill gab es schon vor vielen Jahren. Im Internet konnten wir vorher die web-site ansehen und waren erstaunt, wie anders es jetzt war. Vorher ein offener Grill, jetzt ein richtiges Restaurant.

Als wir die Boccia-Bahn erreichten, meinten wir einige der älteren Feuerwehrmänner zu erkennen, von damals, als wir noch in der Pension neben der Feuerwehr wohnten. Aber sie schienen uns nicht wiederzuerkennen. Kein Wunder, es sind ja auch -zig Jahre seitdem vergangen.

Wir bestellten uns eine gemischte Grillplatte und einen halben Liter Rotwein. Es war tatsächlich das erste Mal, dass es uns nicht schmeckte. Früher sind wir immer voller Begeisterung hierher gegangen, aber heute war das eine Katastrophe.

Das Fleisch war zäh und schmeckte überhaupt nicht, der Wein schmeckte auch nicht, hatten wir doch noch den guten Weingeschmack von früher im Gedächtnis.

Wir entschieden uns dort nicht mehr hinzugehen. Zumal der Anstieg hoch zum Lokal sehr beschwerlich war. Die Luftfeuchtigkeit und die Wärme machten uns an diesem Tag ganz schön zu schaffen.

Umso leichter fiel uns der Heimweg, allerdings nahmen wir den kürzeren Weg an der Ambulanz vorbei, bogen dann links am Hotel Paris ab in Richtung Sveti Jakov.

Das Hotel Paris hatte schon bessere Zeiten gesehen, jetzt sah es sehr heruntergekommen aus und war geschlossen. An unserem Hotel angekommen merkten wir, dass uns die Jahre auch in den Knochen steckten und freuten uns auf die Terrasse.

Wir setzten uns nach draußen, genossen den tollen Ausblick auf den Park, den von Sternen übersäten Himmel und merkten, wie gut das unserer Seele tat.

Ich sah Vera an und ich glaubte, nein ich wusste genau, wir beide haben jetzt die gleichen Gefühle und Gedanken. Wie ein Film liefen die früheren Jahre mit unseren Kindern und der ganzen Truppe vor unserem Auge ab.

Vor uns das von Scheinwerfern angestrahlte „Kvarner", in dem wir in vergangenen Jahren einige Male schöne Kurzurlaube verbrachten. Direkt daneben die kleine Kirche im Park, rechts das alte „Jadran", in dem wir so oft mit den Freunden der damaligen Urlaube die Abende ausklingen ließen.

Da waren unsere Eltern mit ihren Nachbarn Beckmann, die Bekannten von Veras Vater, die Wickels und deren Vater, Friedel und Hans, die Cousine meiner Schwiegermutter mit Mann, manchmal auch deren Sohn, einmal auch mein Bruder mit Frau, und auch nur einmal Veras Bruder mit Frau, dann Lisbeth, die wir erst dort kennenlernten mit ihrem Mann Heinz. Einige Male waren auch unsere Holländer dabei Lidi und Leo.

Wir haben die Zeit noch mal mit viel Erinnerungen und Vergnügen Revue passieren lassen.

Mit der extra von daheim mitgebrachten kleinen Eisbox ging ich ins Hotelrestaurant um Eiswürfel zu holen. Sie staunten nicht schlecht als sie mich mit der Box ankommen sahen, der Kellner war sehr freundlich und füllte sie. Der Abend auf der Terrasse war gerettet und wir zufrieden.

5. Juni

An diesem Morgen wachten wir schon früh auf, es war sehr hell im Zimmer und ich hatte gut geschlafen. Nur bei meiner Frau sah es anders aus. Ihr tat der Rücken weh. Die Matratzen waren zu hart. Deshalb sprach sie mit Jelena, der netten Rezeptionistin, und bat sie, den Zimmermädchen aufzutragen, ihr eine weichere Unterlage zu besorgen. Die Verständigung war schwierig, aber nach einigen Erklärungsversuchen hat es dann doch funktioniert.

Das Frühstücksbüffet war die erste Überraschung des heutigen Tages. Es war sehr reichhaltig und schön angerichtet. Die Kellner waren überrascht als sie erfuhren, dass wir weder Kaffee noch Tee trinken, sondern nur Mineralwasser mit Kohlensäure. Es war ein herrlicher Morgen, die Hitze vom Vortag nicht mehr zu spüren und draußen zu frühstücken war einfach toll.

Mit einem Glas Sekt wollte ich Vera den Morgen versüßen, doch sie lehnte ab. Ja, hier kann man morgens den Tag mit einem Sektfrühstück beginnen. Es war verlockend.

Aber hätten wir der Versuchung nachgegeben, wären wir bei der Hitze etwas später schon außer Gefecht gesetzt gewesen. Es gab außer Lachs und Kaviar auch Kuchen und Käse, alles was das Herz begehrt. Einfach ein tolles Frühstücksbüffet. Wir wollten den Tag ruhig angehen, schließlich haben wir Urlaub, deshalb frühstückten wir in aller Gemütlichkeit.

Anschließend wollten wir schwimmen gehen, wussten aber nicht so genau an welcher Stelle wir ins Meer konnten. Mit Badezeug bewaffnet verließen wir unser Hotel in Richtung Kirche, weiter bis zum kleinen Hafen, an dem man ein Taxi-Boot mieten konnte, wenn man wollte.

Ein paar Schritte weiter lag das Slatina-Bad mit dem flachen Wasser wie in einem Kinderplanschbecken. Auf der anderen Seite ging's dann direkt ins tiefe Wasser. Da wollten wir aber nicht hinein.

Deshalb zurück, den Lungomare entlang Richtung „Kvarner" auf der Suche nach einer Treppe ins Wasser.

Nach wenigen Schritten hatten wir die erste Möglichkeit ins Meer zu gehen. Wir mussten zwar über einige kleine Felsen klettern, doch die Erfrischung tat gut. Ins Meer zu gehen war ja noch einigermaßen leicht, aber wieder raus war beschwerlicher als gedacht mit den scharfen Felsen im Wasser, die wir vorher nicht sehen konnten.

Wir konnten uns auch nirgendwo festhalten, halfen uns aber gegenseitig. Muss lustig ausgesehen haben, unsere Paddelei. An dieser Stelle gehen wir garantiert nicht mehr ins Wasser. Die Abkühlung war herrlich, doch das müssen wir unseren alten Knochen nicht mehr antun. Verletzungen können wir nicht brauchen!

Mit dem Schwimmen im Meer müssen wir uns etwas anderes einfallen lassen.

Wir gingen dann weiter bis zum „Kvarner", bogen ab zu unserem Hotel und erst mal unter die Dusche um das Salzwasser los zu werden.

Anschließend spazieren gehen, Leute beobachten und schöne Fotos machen. Mal sehen, was sich in den Jahren hier alles verändert hat. In das alte Freibad Lido konnte man nicht mehr, das war eine riesige Baustelle.

Damals mussten wir Eintritt zahlen an dem kleinen Kassenhäuschen, und Bademeister „Peppi" passte auf, dass alles seine Richtigkeit hatte.

Jetzt konnte man nicht einmal mehr durch das Freibad laufen, um am Lido vorbei zum Hafen zu gelangen. Das alte Lido war abgerissen worden und durch einen modernen Hotelbau ersetzt.

Es heißt jetzt „Bevanda", sehr exklusiv und teuer. Ich befürchtete, dass der Besitzer des „Bevanda" sich die Freilichtbühne auch einverleibt, doch als ich am Bauzaun ein Foto sah, wie alles nach der Bauphase aussehen sollte, war ich beruhigt.

Da wurde gebaut, gesägt, gehämmert, was alles so dazu gehört, wenn ein neuer Komplex entsteht. Mit dem Fotoapparat habe ich das kommentiert. Die ersten Fotos schickte ich unseren beiden Jungs. Sie sollen sehen, was aus dem Freibad, in dem sie so gerne ihren Holzbalken auf der Plattform verteidigt haben, geworden ist.

Ganz sicher erinnern sie sich noch daran. Die Plattform und der Holzbalken befinden sich noch dort, werden wohl auch in Zukunft bleiben. Ich glaube, das wird ein ganz mondäner Strand nur für Gäste des Hotels „Bevanda".

Zwischen dem „Kvarner" und der „Villa Angiolina" befand sich immer noch die alte Plattform, auf der die Einheimischen sich sonnen und über einige Stufen ins Meer zum Schwimmen gehen konnten. Diesen Platz fanden wir toll. Warum das Leben schwer machen, wenn man so leicht ins Wasser kann?

Bei dem schönen Wetter setzten wir unseren Spaziergang durch den Park fort und hörten dem Gesang der Vögel zu. Im Park war es angenehm, nicht so heiß, die Bäume und Sträucher brachten etwas Kühle. Am Ende des Parks ist der Hafen mit seinen vielen kleinen Fischerbooten. Die Straße führt direkt nach oben zur „Ul. Maršala Tita".

Auf der Hauptstraße oben angekommen legten wir eine Verschnaufpause ein und gönnten uns im Hotel Continental einen leckeren Cappuccino. Auch dieses Hotel war nicht mehr wieder zu erkennen. Die Inneneinrichtung war total neu. Interessant war der Weg zum ehemaligen Bierkeller, mit der Tanzfläche draußen. Jetzt gings dort nur noch die Treppe hinunter zu den Toiletten. Alles war umgebaut!

Zur damaligen Zeit gab es ein interessantes älteres Ehepaar, das wir in jedem Urlaub auf dieser Tanzfläche antrafen. Meine Schwiegermutter hatte immer schnell einen Spitznamen für bestimmte Leute. Für die Frau dieses Ehepaares hatte sie sich den Namen „Leder" ausgedacht.

„Leder" glaube ich war damals so alt wie wir heute. Anscheinend lag sie den ganzen Tag in der Sonne, ihre Haut sah aus wie Leder. Sie war jeden Abend in einem weißen Abendkleid zu sehen, bestimmt der Bräune wegen. Ihr Partner hatte ebenfalls eine Lederhaut. Deshalb der Name „Leder".

Im Gebäude direkt neben dem Hotel Continental war vor vielen Jahren die Mensa untergebracht. Daran habe ich noch eine lustige Erinnerung. Unser Sohn Dirk war nie ein guter Esser und seine Oma legte damals besonderen Wert darauf, dass der Junge genügend zu essen bekam.

Eines Tages waren wir wie üblich zum Mittagessen in dieser Mensa. Für ihren Enkel holte sie vom Buffet einen Teller Spaghetti mit Gulasch. Das schmeckte ihm wohl nicht, er erbrach nach einigen Versuchen das Essen auf den Teller.

Das war seiner Oma so peinlich, dass sie mit ihm eilig die Mensa verließ, ohne den Teller zurückzustellen. Ich hoffte, dass dieses Missgeschick niemandem aufgefallen war, sah es ja so aus, als hätte jemand den Teller vergessen.

Nach unserm Cappuccino wollten wir Opatija weiter erkunden. Gemütlich schlenderten wir Richtung Busbahnhof, vorbei am ehemaligen Hotel Palme. Das hat auch schon bessere Zeiten erlebt. Nach dem Balkankrieg wurde es als Flüchtlingsunterkunft genutzt. Heute ist es super renoviert, nach westlichem Standard und heißt „Bristol".

Einige Schritte weiter, auf der anderen Straßenseite, das Restaurant Selengej.

Es hat einen neuen Namen und ist nicht mehr wiederzuerkennen. Vor dem Hotel Imperial befand sich eine Terrasse, da konnte man bei einem Glas Wein oder einem Kaffee gemütlich sitzen, den Verkehr beobachten und den Tag genießen. Heute sieht das alles auch schon wieder anders aus!

Gegenüber dem „Imperial" ist das Hotel Milenij. Renoviert und umgebaut. Vom früheren Hotel Jadran sind nur noch die Außenmauern geblieben. Eigentlich hatten wir ja das Hotel gebucht, waren aber richtig froh, dass wir im Sveti Jakov wohnen. Es ist ein schönes, freundliches und gemütliches Hotel der Extra-Klasse. Mit nur 26 Zimmern fast familier.

Neben dem Hotel Milenij war das neuangelegte Slatina-Bad. Jahre vorher war das Slatina noch ein lang gezogener Sandstrand, aber heute mit Beton befestigt, wahrscheinlich auch um die Uferstraße vor Überschwemmungen zu schützen.

Auf diesen Plateaus waren Liegestühle und Sonnenschirme aufgestellt für die Touristen. Die Einheimischen legten sich schon immer mit einem Handtuch auf den betonierten Boden.

Am Rand des Plateaus, direkt am Wasser, befindet sich das Restaurant „Vongola". Dort stehen Tische und Stühle unter riesigen Sonnenschirmen. Hier kann man, sogar in Badezeug, frühstücken und über den Tag die feinsten kroatischen Gerichte bekommen. Wir sahen uns alles genau an, gingen weiter in Richtung Hotel Palace, auch eins der ältesten Hotels in Opatija.

Nebenan, gegenüber dem Busbahnhof, befand sich eine Wechselstube, in der ich mein Geld tauschte. Der Umtauschkurs war besser als in den anderen. Im „Palace" wollten wir die bekannte „Quarkschnitta" probieren.

Veras Mutter hat schon früher immer gerne in Opatija, genau hier im „Palace", ihre leckeren Quarkschnitten gegessen. Aus Erinnerung an sie taten wir nun das Gleiche. Den heutigen Tag wollen wir ruhig angehen, genießen und sehen, was uns noch an schönen Dingen erwartet.

Es war ein sehr heißer Tag und die Sonne schien uns auf den Pelz. Langsam traten wir den Rückweg zum Hotel an. Es ist früher Nachmittag geworden und wir waren hundemüde, wir mussten uns schlafen legen.

Danach, spät am Nachmittag, meldete sich unser Magen und wir wurden wach. Also gingen wir kurz über die Straße zum Hotel Imperial. Auf der Außenterrasse war ein Tisch frei und wir bestellten je eine Portion Calamares mit Pommes, tranken dazu einen herrlich gekühlten Rotwein.

Nach dem Essen, zurück in unserm Hotel wurden wir vom Personal herzlich begrüßt. Wir setzten uns an der Seite des Hotels in die kleine Sitzecke, außerhalb des Lokals, und bestellten zur Feier des Tages eine Flasche Sekt.

Der freundliche Oberkellner kam mit der eisgekühlten Flasche Sekt. Ein Kollege brachte den passenden Eiskübel, stellte ihn an die Seite des Tisches und fragte, ob es uns so recht wäre. Während der Oberkellner die Flasche öffnete, erzählte er uns auf Nachfrage die Geschichte über die Herstellung und Verarbeitung des kroatischen Sektes.

Nach dem Preis haben wir erst gar nicht gefragt, die Flasche sah teuer aus, aber (haha) man gönnt sich ja sonst nichts!

So freundlich und zuvorkommend sind wir noch nirgendwo bedient worden und haben uns über diese Art sehr gefreut. Zum ersten Mal an diesem Tag kamen wir so richtig zur Ruhe und genossen es. Etwas später kam ein junger Mann zu uns an den Tisch, stellte sich als Direktor des Hotels vor, nannte seinen Namen und wünschte uns einen wunderschönen Aufenthalt in seinem Hotel.

Die Frage, ob es uns gefallen würde, konnten wir nur bejahen. Wenn wir etwas benötigten, sollten wir uns ohne Zögern an den Oberkellner wenden, der für alle Wünsche zuständig sei.

Mit dem Hinweis, wir würden uns in den nächsten Tagen etwas intensiver unterhalten, wenn er dann mehr Zeit hat, verabschiedete er sich. Diesen schönen Abend wollten wir hier unten in „Klein Paris", so nannten wir die Sitzecke, genießen. Ich holte meine kleine Musikbox, die uns überallhin begleitet, aus dem Zimmer.

Während wir der Musik lauschten, musste ich immer wieder an den sehr jungen Direktor denken, der mir irgendwie bekannt vorkam. Wo ich ihn unterbringen sollte, kam mir aber nicht in den Sinn.

Meine Frau sah mich immer so von der Seite an, sagte aber nichts. Ihr muss der Direktor doch auch aufgefallen sein. Wir hingen beide so unseren Gedanken nach, freuten uns, dass wir wieder in Opatija waren und beendeten diesen schönen Abend auf der Terrasse. Dabei schauten wir uns den Sternenhimmel an und freuten uns auf den nächsten Tag.

6. Juni

Die Nacht hatte es in sich. Beide sind wir morgens gerädert aufgestanden. Wirre Träume waren schuld daran, dass wir nicht ruhig wie gewohnt schlafen konnten. Aber was genau durch unsere Träume geisterte, war uns beiden nicht klar. Während wir frühstückten, versuchten wir, die Traumfetzen wie ein Puzzle zusammen zu bekommen. Auf einmal bemerkten wir, dass wir von unserem jungen Direktor sprachen.

Als er sich uns gestern mit Namen vorstellte, hat es vielleicht unbemerkt in unseren Gehirnen „klick" gemacht. Immer wieder tauchte der Name Simonetti auf. Das kann doch kein Zufall sein. Wir schauten uns an und dachten, wieder im Jahr 1973 zu sein. 42 Jahre waren seitdem vergangen.

Der Spanien-Urlaub 1973 war eigentlich für immer aus unserem Gedächtnis gelöscht. Anscheinend aber nicht ganz! Ein halbes Leben war in der Zwischenzeit vergangen, und doch hatte ich sofort wieder das Bild des Fremden aus „Lloret de Mar" vor Augen.

Wir saßen wie angewurzelt an unserem Frühstückstisch, bemerkten nicht einmal, dass unsere Teller abgeräumt wurden. Aus dem Lautsprecher hörten wir leise Musik, schauten auf die kleine Kirche und sahen den Landschaftsgärtnern im Park bei ihrer Arbeit zu.

Wie ferngesteuert stand ich auf und holte uns je ein Glas Champagner. Als wir uns zuprosteten, stand ganz plötzlich der Direktor an unserem Tisch und wünschte uns einen besonders guten Morgen. Wir hatten ihn nicht kommen sehen, die Überraschung war ihm gelungen.

Wir waren so in Gedanken versunken und ein wenig erschrocken, darum fragte er uns, ob etwas mit dem Champagner nicht in Ordnung sei. Erstaunt schauten wir ihn an und konnten nur sagen: „Nein, nein, der Champagner ist genau nach unserem Geschmack, danke. Wir finden es herrlich, wieder in Opatija zu sein."

Er wünschte uns einen schönen Tag, mit dem Hinweis, wenn etwas nicht zu unserer Zufriedenheit sei, sollten wir keine Mühe scheuen uns direkt an ihn zu wenden. Dann verschwand er.

Wir waren noch so verdutzt, dass wir nicht sofort aufs Zimmer gingen, sondern noch einige Zeit brauchten, bis sich unsere Anspannung um die vergangene

Nacht und die Träume lösten und wir darüber reden konnten.

Das konnte alles nicht mit rechten Dingen zugehen. Hat dieser junge Mann mit Namen Simonetti etwas mit der Vergangenheit zu tun?

Wir waren uns einig und dachten wirklich, diese Geschichte vergessen zu haben. Der Direktor ist sehr jung. Vielleicht ist es auch nur Zufall, dass er ähnlich aussieht wie damals der Mann in Spanien. Unglaublich!

Auch Vera dachte wie ich der Eine kann mit dem Anderen nichts zu tun haben. Gibt es aber so einen Zufall? Wir hakten dieses Thema dann ab.

Stattdessen überlegten wir an welche Stelle wir zum Schwimmen ins Meer gehen konnten. Noch mal dort zu schwimmen, wo wir gestern waren, war zu gefährlich, deshalb gingen wir zu dem Plateau, auf dem die Einheimischen sich sonnten und dort ins Wasser gingen.

Etwas argwöhnisch wurden wir beobachtet, doch das störte uns nicht. Hier war genau die Stelle, an der damals Mladi, ein Freund der Damen Jacic, ins Wasser ging. Das Wasser war so niedrig, da konnte der Nichtschwimmer Mladi nicht untergehen. Für uns heute die beste Möglichkeit ohne Stolpersteine ins Wasser zum Schwimmen zu gehen.

Die Abkühlung war toll, wir wollten gar nicht mehr aus dem Meer. Einige Meter vor uns waren zur damaligen Zeit die Hai-Netze, jetzt hat das neue Hotel Bevanda die alte Badeanstalt Lido abgelöst und ihr Terrain durch Schwimmleinen neu abgegrenzt. Die gleiche Abtrennung für den Schwimmbereich hat auch das „Kvarner".

Vom Wasser sahen wir auf das „Kvarner", stellten fest, dass sich dort etwas verändert hat. Es sah so aus, als würden auf dem Dach große, graue Container stehen. Wie kann man nur ein solch schönes und traditionsreiches Hotel durch diese Container verschandeln?

Es war früher Nachmittag und unser Magen meldete sich, also gingen wir ins Restaurant Stefanie und bestellten uns eine Kleinigkeit. Während wir auf das Essen warteten, dachten wir, ohne es verabredet zu haben, über unseren Direktor nach.

Das Thema ließ uns ja doch nicht los. Wir fragten uns allen Ernstes, ob der Direktor vielleicht doch etwas von uns wusste? Hatte der Spanientyp vielleicht doch ein Foto von meiner Frau? Sollte er doch von Lorenzo Simonetti, (Wenn es der ist, den wir vermuten.) über den Urlaub in Lloret de Mar erfahren haben?

Das kam mir wirklich „spanisch" vor. Plötzlich war ich tatsächlich eifersüchtig. Eins war mir klar, sollte ich mit dem Direktor ins Gespräch kommen, würde ich sehr vorsichtig sein. Thema erst einmal beendet, was soll es bringen, solange wir nichts Konkretes in Händen haben.

Während wir aßen, schauten wir auf die vorbeifahrenden ausländischen Autos und die flanierenden Urlauber. Ich bestellte noch ein Glas Rotwein und danach für beide einen Cappuccino. Die Sonne hat uns müde gemacht, also war schlafen angesagt.

Es war ziemlich spät, als wir aufwachten und völlig überrascht, wie lange wir geschlafen hatten. Dabei wollten wir nicht wirklich den halben Nachmittag im Bett verbringen. Bei herrlichem Sonnenschein eigentlich verlorene Zeit.

Bei unserem Spaziergang über den kroatischen „Walk-of-fame" legten wir immer kleine Pausen ein, um uns auf den bereitstehenden Bänken auszuruhen und dabei die flanierenden Menschen zu beobachten.

Der Blick auf das Meer, ist auch von dort unbeschreiblich schön und begeistert uns immer wieder.

Wie ich vermutete, konnten wir nicht am Grand Hotel Palace vorbei gehen, ohne die leckere „Cremschnitta" zu essen. Den Abend verbrachten wir auf unserer Terrasse. Beim Ober bestellte ich eine Flasche Sekt, die uns samt Eiskübel direkt dort serviert wurde.

Im Park gingen nach und nach die Laternen an, am „Kvarner" gegenüber die Fassadenbeleuchtung. Die Glocken der kleinen Kirche läuteten zur vollen Stunde und ihr melodisches Bimbim, Bimbim war wie Musik in unseren Ohren. Genauso hatten wir uns die Abende auf der Terrasse vorgestellt.

Vom Garten des „Milenij" wehte leise romantische, typisch kroatische Musik herüber und beim Anblick der vorbeifahrenden, in bunte Lichter getauchten Schiffe kamen wir ins Träumen.

Hin und wieder hörten wir auch die Darbietungen einiger „Möchte-Gern-Musiker", die ihre Lieder auf dem Lungomare bis hin zum Taxi-Hafen mehr schlecht als recht den Spaziergängern darboten.

Wir fühlten uns zurückversetzt in die ersten Urlaube in Opatija. Es war wie früher, denn auch damals standen Sänger mal hier, mal da am Strand und haben den Urlaubern ihre Lieder bis spät in die Nacht hinein entgegen geschmettert.

Es war spät. Wir wurden langsam müde, im Park waren kaum noch Menschen unterwegs, es wurde immer ruhiger.

Der Mond schien silbern durch die Baumwipfel. Bei diesem Anblick wurde uns richtig warm ums Herz, jeder hing seinen Gedanken nach, bis es uns auf der Terrasse zu kalt wurde. Unser Bett rief und es dauerte nicht lange bis wir einschliefen.

7. Juni

Bei unserem Spaziergang durch den schattigen Park in Richtung Hafen vermissten wir die einheimischen Strickerinnen, die bereits vor Jahren jeden Tag ihre gestrickten oder gehäkelten Deckchen, Umhängetücher oder wunderschön bestickte Blusen anboten.

Im Hafen selbst hatte sich nichts verändert, die kleinen Fischerboote lagen noch immer festgezurrt an langen Leinen. Größere Schiffe oder tolle Jachten sahen wir nur immer aus der Entfernung.

Es ist hier viel gebaut worden in der Vergangenheit. Einige ältere, meistens unbewohnte Villen ganz in der Nähe des Hafens mussten weichen. Hier hat sich eine große Hotelkette die Grundstücke an Land gezogen. Auf dem Gelände wurde eine neue, große Hotelanlage inclusive Tiefgarage gebaut. Es entstand das „4-Blumen-Hotel".

Genau da, wo sich früher der Bierkeller befand, steht heute der Komplex mit den Neubauten. Daneben das „5-Sterne-Hotel-Royal", gebaut nach neusten Standards.

Auch die einheimischen Fischer mussten ihr kleines Bootshaus für einen Umbau opfern. Es heißt jetzt „Bistro-Yacht-Club" und ist ein Meeresfrüchte-Restaurant.

In diesem Bistro wollten wir heute essen und bestellten eine Portion Calamares. Wir wollten das Bistro testen, ob es sich lohnt, wiederholt hier einzukehren. Das war schon gehobene Mittelklasse, dementsprechend auch die Preise. Wir wussten sehr schnell, das ist nichts für uns! Also wieder zurück, durch den Park, in unser Hotel.

Für den Nachmittag hatten wir einen Spaziergang am Wasser entlang geplant. Uns interessierten die vielen Verkaufsstände, dann wollten wir weiter über den „Walk-of-fame" bis zu dem neuen kleinen Boots-Hafen, in dem viele Privat-Boote angelegt hatten.

Er lag direkt am Strand zwischen dem „Hotel Admiral", und dem „Hotel Kristal", in dem wir vor 7 Jahren gewohnt haben. Dort gab es auch ein kleines Restaurant, in dem wir damals gut essen konnten. Ob es heute noch so ist, wollen wir einmal testen.

Leider war es genauso ein Reinfall wie die Boccia-Bahn. Das Fleisch zäh und ohne Geschmack. Hier brauchen wir auch nicht mehr hingehen. Dieser Teil des Lungomare, Richtung Lovran, war anscheinend nur noch für Touristen gedacht.

Die vielen Verkaufsstände übervoll mit Artikeln, wie man sie überall in Urlaubsgebieten kennt. An der Hauptstraße waren wie früher einheimische Maler mit ihren Bildern und boten den Touristen ihre Malereien an.

Man konnte auch mit ihnen handeln, meistens wollten sie es auch, wie es in den südlichen Ländern üblich ist.

Das in den vergangenen Jahren neu errichtete Strandbad Slatina war richtig schön geworden. In der Urlaubszeit war es überfüllt von Urlaubern aller Herren Länder. Das war nichts mehr für uns, verglichen wir es doch mit dem von uns so geliebten Strand im Lido. Aber mit unserem Hotel hatten wir das große Los gezogen, das wussten wir!

Wir sind erst ein paar Tage wieder in Opatija und genießen jede Stunde.

8. Juni

Nach dem Frühstück gings mal wieder zum Schwimmen.

Während wir noch im Wasser waren und uns so richtig wohlfühlten, kamen wir auf die Idee, noch heute zur Markthalle zu gehen. Meine Schwiegermutter liebte es damals, früh morgens bei den alten Marktfrauen aus den Bergen, ihre frisch gepflückten Kirschen zu kaufen.

Es waren schwarze, dicke Knappkirschen. Zwar nicht ganz billig, dafür schmeckten sie auch besonders lecker. Dabei ertappte ich mich, wie ich jede Kirsche, wenn ich sie in die Hand nahm, erst genauso nach Würmern untersuchte, wie meine Schwiegermutter.

Sie prüfte immer wahllos einige davon, fand sie keine Würmer, war es ihr egal, dann aß sie den Rest ohne sie zu untersuchen.

Im hinteren Teil der Markthalle, etwas abgeteilt in einem kleinen Bereich, gab es immer noch den Fischverkauf, dementsprechend stank es hier auch besonders fischig.

Außerhalb der Halle befindet sich immer noch das kleine, bei Einheimischen sehr beliebte Restaurant „BUCO".

Eigentlich ist es eher so eine Art „Pommesbude mit Außenrestauration". Hierher gehen wir sehr gern, werden sogar in jedem Jahr wiedererkannt und meistens sogar mit Handschlag begrüßt.

Einmal Calamares gebacken und einmal Pljeskavica mit Peperoni, war unsere erste Bestellung. Dazu einen halben Liter Rotwein und 1l. Mineralwasser. Darauf freuten wir uns schon lange, der Preis war okay, er hat sich kaum geändert, genau wie früher!

Kellner Wanja kam auch direkt auf uns zu, war freundlich und zuvorkommend wie eh und jeh, sprach sogar ein wenig Deutsch. Auf eine Portion gebackene Sardinen mussten wir leider verzichten, sie waren heute ausverkauft.

Bei der Schwüle war es für uns einfacher die Sonne zu meiden, durch den kühlen Park zu schlendern, um zum „Sveti Jakov" zu kommen, als oben an der Hauptstraße entlang zu laufen.

Denn dort brennt gerade die Nachmittagssonne uns noch ganz schön auf den Pelz.

In der Rezeption des Hotels angekommen, total durchgeschwitzt, bot uns Anna-Marija, erst einmal hier ein wenig auszuruhen. Dann bekamen wir zur Erfrischung ein eiskaltes Glas Sekt, damit wünschte sie uns einen weiterhin schönen Tag und viel Freude im „Sveti Jakov".

9. Juni

Schon beim Frühstück wurden wir vom Direktor freundlich begrüßt. Er fragte, ob er sich zu uns setzen darf. Anscheinend wollte er uns etwas sagen.

Wir stellten schnell fest, dass er fließender Englisch sprach, als wir. Vera kam damit allerdings besser zurecht als ich, ich hatte da manchmal so meine Probleme. Lange keine Praxis gehabt Englisch zu sprechen!

Mr. Simonetti wusste, dass meine Frau am 11. Geburtstag hat und wir an diesem Tag auch unseren Hochzeitstag feiern. Das hat er wohl in der Anmeldung gesehen. Deshalb wollte er von uns wissen, ob wir für diesen Tag eine Tischreservierung benötigen.

Das fand ich etwas aufdringlich von ihm, konnte mich auch nicht gegen das Gefühl wehren. Ich beobachtete ihn mit kritischen Blicken. Die letzten Tage mit ihm machten mich vorsichtig. Was wusste dieser Mann von oder über Vera? Sein „Um-uns-Herumschwänzeln" war mir nicht geheuer.

Vielleicht täusche ich mich ja auch, aber meistens, wenn ich so ein komisches Bauchgefühl habe, stimmt irgendetwas nicht. Sei weiter vorsichtig, sagte ich mir und beobachte weiter. Verurteile niemanden, bevor du nichts Genaues weißt. Hier ging es aber anscheinend wirklich nur darum einen Tisch zu bestellen.

Wir wollten das aber wirklich nicht, denn nach 18 Uhr essen, wenn die Küche öffnet, war uns einfach zu spät. Wir waren daran gewöhnt gegen 15 oder 16 Uhr zu essen. Unser Magen macht uns sonst nachts Probleme. Das wollten wir vermeiden.

Das konnten wir ihm erklären und einigten uns dann auf eine Zeit, die für uns angenehm war. Zu dem Essen hat er uns eingeladen, wegen des Geburts- und Hochzeitstags. Dann verabschiedete er sich freundlich.

Ich sah, dass er Vera heimlich forschende Blicke zuwarf und meine Frau dasselbe bei ihm tat. Erinnerte er sie vielleicht an eine Person aus der Vergangenheit? Sie konnte es scheinbar doch nicht so richtig einordnen.

Wir machten uns nach dem Frühstück wieder auf zum Schwimmen. Natürlich in der Nähe des Lidos, weil wir dort einfach und ohne Probleme ins Wasser konnten. Der Tag war herrlich, das saubere, kühle Wasser machte richtig Laune, wir haben es genossen!

Nachmittags gings wieder ab zum Essen. Ziemlich voll war es heute hier bei „Stefanie". War heute ein besonderer Tag, warum waren die Menschen in Scharen hier? Die Bedienungen hatten alle Hände voll zu tun. Wir bestellten für uns das Wokgemüse und hatten dann genügend Zeit alles um uns herum zu beobachteten.

Später, wieder im Hotel angekommen, haben wir uns über den heutigen Tag noch unterhalten und ich bin zu dem Schluss gekommen, dass meine Gedanken über den Direktor wohl nur Zufall sind. Abwarten und Tee trinken, sehen was kommt!

Für den nächsten Tag hatte ich mir einiges vorgenommen. Ich wollte Vera an ihrem Geburtstag und unserem Hochzeitstag überraschen, deshalb überlegte ich, wie ich es schaffe, dass schon morgens auf dem Frühstückstisch 50 langstielige, verschiedenfarbige Rosen stehen.

Darum ging ich am nächsten Morgen nach dem Frühstück zu Anna-Marija und fragte, ob sie es möglich machen kann, für meine Geburtstagsüberraschung 50 Rosen zu besorgen.

Meine Frau dürfe das aber auf gar keinen Fall wissen. Sie war überrascht und erstaunt, versicherte mir aber, das hinzubekommen. Ich könne mich auf sie verlassen. Nach dem Preis habe ich nicht gefragt, war mir jedoch sicher, dass es nicht gerade billig ist, so einen Blumenstrauß in einem 5-Sterne-Hotel zu bestellen.

10. Juni

Wie jetzt jeden Morgen gingen wir ins Lido zum Schwimmen, ließen uns den ganzen Tag nicht aus der Ruhe bringen.

Im Laufe des Tages trafen wir wieder mal auf unseren Direktor, der uns zu einem Cappuccino einlud. Wir kamen ins Gespräch und wir erzählten ihm von unseren Reisen in die USA und was wir da so alles erlebt hatten.

Dabei erzählte er uns auch einiges über seine Familie, die von der Insel Krk kam. Von seinem Vater, der dem Alkohol nicht abgeneigt war. Da unsere Englischkenntnisse manchmal nicht ausreichten, haben wir wohl manches bei dieser Unterhaltung nicht richtig verstanden.

Oft mussten wir nachfragen, aber auch er konnte uns nicht alles plausibel erklären. Es war interessant und manchmal auch sehr lustig, Hände und Füße wurden auch eingesetzt. Scheinbar hatte er mal ein wenig Zeit und auch Spaß an unserer Unterhaltung.

Auf die Idee, dass er uns aushorchte, kamen wir beide nicht.

Nach einigen Gläsern Sekt, die er uns auch noch spendierte, haben wir uns verabschiedet.

Wir beschlossen wieder einmal diese Sache nicht weiter zu verfolgen und uns nicht mehr daran erinnern zu lassen. Aber klappte das? Wir wussten es nicht, hofften es aber doch.

11. Juni

Der Geburtstag von Vera. Der Frühstückstisch war sehr geschmackvoll dekoriert. Auf dem Tisch stand eine Vase mit 50 wundervollen Rosen, so wie ich es mir gewünscht habe. Heute früh bin ich extra einige Minuten eher nach unten gegangen. Ich wollte doch sehen, ob meine Bestellung geklappt hatte.

Meiner Frau erzählte ich, dass ich sehen will, ob es heute möglich ist, draußen zu frühstücken bei dem schönen Wetter. Es sollte uns doch niemand unseren Tisch streitig machen.

Aber ich hatte Glück, es war genauso wie ich es wollte. Das Gesicht von Vera wollte ich sehen, wenn sie an den Tisch kam. Ich denke nicht, dass sie mit einem Rosenstrauß rechnete, wir haben nicht darüber gesprochen. Wie sollte ich das auch gemacht haben, ich war ja nicht allein weggegangen?

Diese Überraschung war mir gelungen! Sie stand vor mir, die Augen weit aufgerissen und strahlte über das ganze Gesicht. Tränen der Rührung kamen dazu.

Die Kellner schwirrten um uns herum und bemühten sich, uns besonders aufmerksam zu bedienen. Es war ein wunderschönes Frühstück. Alle gratulierten uns, besonders aber meiner Frau zu ihrem Geburtstag.

Die Köchin brachte extra noch Palatschinken, den isst Vera doch so gerne. Das Frühstück dauerte länger als sonst. Sogar eine Flasche Champagner wurde für uns geöffnet.

Die Bedienungen standen Spalier und sangen sogar ein Geburtstagsständchen in kroatischer Sprache.

Zeit hatten wir ja wirklich genug im Urlaub, darum genossen wir das Frühstück ausgiebig. Als wir uns danach auf unserer Terrasse in die Sonne legen wollten, wurde nichts daraus, der Champagner hatte uns müde gemacht.

Wir legten uns einfach ins Bett und schliefen noch `ne Runde. Das brauchten wir jetzt.

Am Nachmittag plötzlich klopfte es an der Zimmertür. Wer soll das sein? Ich wollte erst gar nicht nachsehen. Sollte etwas passiert sein, dachte ich. Aber dann entschloss ich mich doch nachzusehen.

Vor der Tür stand Jelena, die nette Rezeptionistin, mit einem Servierwagen den sie unbedingt ins Zimmer rollen wollte.

Ich war erstaunt und ließ es einfach geschehen. Vera habe ich von der Terrasse hereingeholt. Auf dem Wagen stand eine kleine Geburtstagstorte aus Schokolade, Besteck und Teller und ich traute meinen Augen nicht eine Flasche Champagner im Eiskübel mit zwei Sektgläsern.

Es klopfte schon wieder, jetzt war es der Direktor, der unbedingt die Torte anschneiden wollte. Dann gab er uns je einen Teller mit einem Stück Torte, goss den Champagner ein und wünschte uns alles Gute zum Hochzeitstag.

Diese Aufmerksamkeit überraschte uns. Wir baten ihn und Jelena ein Glas mit uns zu trinken, doch lehnten beide ab und verabschiedeten sich.

Jetzt standen wir da, mit Torte und Sekt, freuten uns riesig über diese zusätzliche Überraschung. Das Stück Torte verputzten wir dann auf der Terrasse und waren rundherum zufrieden.

Diesen Tag verbrachten wir auf der Terrasse. Gegen Abend machten wir uns hübsch zurecht für das vereinbarte Abendessen. Unten angekommen brachte der Oberkellner uns an den für uns reservierten Tisch, etwas abseits der anderen Tische. Kaum hatten wir Platz genommen, flitzten die Kellner schon und brachten uns das Essen.

Angefangen mit dem „Gruß aus der Küche", einer kleinen Vorspeise und weil wir darum gebeten haben etwas Leichtes zu essen, fein servierte Sardinen mit Calamares, Scampi und edlem Gemüse. Dazu bekamen wir schon wieder Champagner. Wir fühlten uns wie im Schlaraffenland.

Nach dem Essen setzte sich der Direktor einige Minuten zu uns an den Tisch. Er wünschte uns noch einen schönen Abend und weitere glückliche Jahre. Mit diesen Wünschen ließen wir den Abend ausklingen. Was war das für ein schöner, aber auch anstrengender Tag!

Wir freuten uns auf unser Bett und haben uns noch lange unterhalten, die Überraschungen wollten ja auch erstmal verdaut werden.

12. Juni

Gott sei Dank, wir sind ausgeschlafen und zu neuen Taten bereit. Frühstücken, schwimmen, genießen! Es war wieder einmal schön und sonnig, vom Schwimmen bekommen wir nie genug.

Im Wasser wurden wir von einer Kroatin in unserer Muttersprache angesprochen. Sie hat uns wohl reden hören, als wir über das „Kvarner" und die seltsamen Aufbauten auf dem Dach sprachen.

Mit ihr war noch ein Badegast im Wasser, eine uralte rote Bademütze wie vor hundert Jahren auf dem Kopf, den sie uns als ihren Cousin vorstellte.

Bei diesem Plausch im Wasser erfuhren wir, dass er Pater und Priester der kleinen Kirche sei, auf die wir von unserer Terrasse schauen. Er erzählte uns so einiges über das „Kvarner", seine seltsamen Aufbauten und über das neue Hotel Bevanda. Anscheinend war er bestens informiert.

Niemals hätten wir in diesem Mann den Geistlichen der kleinen Kirche gesehen. Er war so herzerfrischend und keineswegs weltfremd. Wir haben ihn und seine Cousine sofort ins Herz geschlossen und haben mal sie mal ihn während der folgenden Tage immer mal wieder getroffen.

Die Tage bis zu unserer Abreise verbrachten wir, außer täglich zu schwimmen, mit Spaziergängen. Zum Essen gingen wir mal zu „Stefanie", aßen Wokgemüse oder Palatschinken, oder ins „Vongole" für die leckeren Calamares.

Manchmal aber auch zum kleinen Bootshafen für Pljeskavica, Calamares oder zu „BUCO". Beim Direktor haben wir zum Abschied noch einmal Scampi-Risotto bestellt.

Am 18. Juni früh morgens war unsere Abreise. Der Direktor verabschiedete sich persönlich bei uns und bedankte sich mit einer Flasche Wein, die wir zu Hause trinken und an ihn denken sollten.

Wehmütig nahmen wir Abschied von unserem geliebten Opatija, versprachen aber wieder zu kommen. Dann ging es ab zum Flughafen und mittags waren wir bereits wieder in unserer Wohnung.

In diesem Urlaub haben wir eine Menge erlebt, mit vielen Überraschungen, das will erstmal verdaut werden.

Immer wieder mal kamen uns die Unterhaltungen mit dem jungen Direktor ins Gedächtnis. Hat er irgendwie damit zu tun oder nicht? Unsere Bemühungen in den Jahren vorher, etwas über den

Mann zu erfahren, der Veras Sohn war, waren damals erfolglos geblieben. Aber da war dieser Direktor mit diesem Namen. Sollte er damit wirklich etwas zu tun haben?

Kann das überhaupt möglich sein? Wollten wir das glauben, bilden wir uns das alles ein? Einerseits glaubten wir es nicht, doch andererseits ähnelte er Veras Seitensprung in Lloret de Mar und dann noch der Name? Es ließ uns in der nächsten Zeit keine Ruhe.

2015
1 Woche Herbsturlaub mit einer Freundin Anfang Oktober.

Nach dem Sommerurlaub in Opatija haben wir mal wieder unseren Freunden davon vorgeschwärmt. Allerdings niemandem von unserm Geheimnis. Das sollte auch so bleiben.

Aber die Ungewissheit zermürbte uns ganz langsam. Darum beschlossen wir, noch mal in diesem Herbst einen neuen Versuch zu starten. Wir wollten Gewissheit! Wie wir das anstellten, wussten wir allerdings noch nicht. Damit es nicht zu auffällig wurde, fragten wir unsere Freundin, eine gebürtige Niederländerin, ob sie mit uns fliegen möchte.

Da es ihr in unserem Hotel zu teuer war, boten wir ihr an, das benachbarte Hotel Imperial zu buchen, das um einiges günstiger war. Nach dem Totalumbau ein Jahr später, hätte sie das auch nicht mehr bezahlen können. Wir brauchten sie nicht zu überreden, denn in Kroatien hat sie noch nie Urlaub gemacht. Für sie brach eine aufregende Zeit an. Sie war richtig nervös.

Die Nervosität bei uns hielt sich in Grenzen, wir sind ja schon so einiges gewohnt. Wir wollten Conny zeigen wo wir in unseren Anfangsjahren Urlaub gemacht haben. Unsere Schwärmerei von Opatija kannte sie. Zusammen ging die Fahrt zum Flughafen Düsseldorf.

Von nun an waren wir zu dritt, wir machten fast alles gemeinsam. Nur mit dem Unterschied, dass sie in einem anderen Hotel untergebracht war. Von unserer Terrasse aus konnten wir Conny auf ihrem Balkon im „Imperial" sehen.

Vom gesamten Personal wurden wir ganz besonders herzlich begrüßt, sie haben uns wiedererkannt. Der Direktor ließ es sich nicht nehmen, uns mit Champagner zu begrüßen.

Irgendetwas sahen wir in seinen Augen, wir wussten das aber nicht zu deuten. Hatte er ein schlechtes Gewissen, oder sollten wir es haben? Wir waren uns einig, dem Geheimnis auf die Spur zu kommen. Wie, wussten wir noch nicht, doch es musste sein.

Wir wollten nun endgültig wissen, woran wir waren und ob ihn tatsächlich irgendetwas mit uns verband. Denn so wie er uns immer ansah und „bemutterte" musste das was zu bedeuten haben.

Ein DNA-Test vom Direktor wäre die Lösung. Das aber war das Problem. Wie darankommen? Eine Woche hatten wir nur Zeit.

Das Wetter spielte uns einen Streich. Es war nicht mehr so angenehm warm wie wir dachten. Eine Regenwoche hatten wir uns ausgesucht. Darum durchstöberten wir Opatija, aßen und tranken mal hier, mal da.

Wir zeigten Conny die Hotels, die Gaststätten und natürlich auch unsere erste Pension, das alte Haus von Jacic, das jetzt einen anderen Besitzer hat. Ihre Reaktionen zeigten uns, wie sehr wir ihr mit dem Urlaub in Opatija eine Freude machten.

Sie traf in ihrem Hotel auf einen Bus Niederländer, die genau in dieser Zeit eine Woche Urlaub machten. So konnte sie sich in ihrer Muttersprache unterhalten. Hier in Opatija verstanden wir genau so viel wie sie, nämlich nichts.

Es half uns dabei nur, dass wir uns in Englisch verständigen konnten. Wir beobachteten Luca Simonetti genau, wo immer er sich aufhielt. Vielleicht haben wir ja mal das Glück, ein gebrauchtes Glas oder eine Gabel oder einen Löffel, den er benutzt hatte zu ergattern.

Soviel wir wussten, würde das für einen Test ausreichen. An eine Zahnbürste oder gar ein Haar war nicht zu denken. Oder eine Blutprobe? Genauso schwer.

Wir können ihn ja nicht einfach verletzen um an Blut zu kommen. So wie er uns immer musterte, würde er sofort merken: Da ist was im Busch! Das fiel also ins Wasser.

Irgendetwas Brauchbares mussten wir bekommen. Einige Tage später kam uns „Kommissar Zufall" zu Hilfe. Beim Abräumen des Geschirrs verletzte sich Luca. Er benutzte eine Servierte um das Blut zu stillen. In der Eile vergaß er diese mit abzuräumen.

Blitzschnell steckten wir sie ein und ich ging sofort auf unser Zimmer, um sie in einen verschließbaren Plastikbeutel zu stecken, die wir eigentlich immer mitnahmen. Tief durchatmen und ruhig bleiben war das Wichtigste.

Etwas später konnten wir noch ein von ihm benutztes Messer und einen Löffel einstecken. Wieder steckte ich diese getrennt voneinander je in einen Beutel. Wir glaubten, dass wir endlich genug Beweise für einen DNA-Test hatten. Die Woche hätte sich dann gelohnt.

Eigentlich wollten wir Urlaub machen, insgeheim hatten wir aber auch vor, dem Geheimnis um den Direktor auf die Spur zu kommen. Am letzten Abend brauchten wir uns nun gar keine Gedanken mehr machen und freuten uns auf den Heimflug.

Eine Woche war doch wesentlich anstrengender als die zwei Wochen im Juni. Wir beschlossen noch vor Ort, nächstes Jahr im Juni kommen wir wieder. Das erzählten wir auch dem Direktor und sahen ihm die Freude an.

Wenn in Deutschland alles so lief wie wir uns das gedacht haben, kommen wir im Juni mit einer Überraschung wieder. Jetzt hing alles an der DNA-Untersuchung.

Wir haben nicht überlegt wie so eine DNA-Untersuchung abläuft. Gesicherte Proben hatten wir, doch wer soll sie untersuchen? Neuland für uns, wir tappten total im Dunkeln! Zudem hatten wir keine Ahnung, was das kostet!

Frag nach bei Google fiel uns ein. Hunderte von Anschriften fanden wir, nur nichts Präzises, alles nur wischi-waschi. Darum beschlossen wir, unseren Ältesten zu fragen, ob er die Möglichkeit hat uns bei dieser nicht ganz leichten Aufgabe zu helfen. Er ist IT-Spezialist und hat sicherlich mehr Ahnung von all dem als wir.

Doch weit gefehlt, Frank verwies uns an seinen Bruder, den Kripobeamten. Das wollten wir eigentlich vermeiden, doch er sagte, wenn uns jemand zu dieser Tatsachenlage etwas sagen kann, dann nur sein Bruder.

Wir wurden kribbelig, da hatten wir nun alles was wir brauchten und wussten nicht weiter. Es zerrte an unseren Nerven. Zwar hatten wir noch reichlich Zeit alles aufzuklären, aber wie? Der nächste Urlaub für Juni 2016 ist geplant, bis dahin wollen wir Gewissheit haben, wenn wir Luca wiedersehen.

Die Zeit lief uns davon, außerdem haben wir erfahren, dass heimliche DNA-Tests in Deutschland verboten sind. Wir mussten uns etwas einfallen lassen!

Was so ein Test kostet wussten wir ebenfalls nicht. Und bis zu 5.000 Euro Strafe wollten wir auch nicht zahlen. Also ließen wir erst einmal die Finger davon.

Viele Wochen später, bei einer Unterhaltung mit unserer Freundin Conny, verplapperten wir uns irgendwann. Sie bot uns an ihren Bruder in Belgien zu fragen. Der arbeitet auf einem Reiterhof und dort kannte er einen und der wiederum kannte jemanden, der wusste, was zu tun ist. Ihr konnten wir vertrauen, darum gaben wir ihr zur Gen-Analyse unsere Beweisstücke mit.

Nach mehreren Wochen kamen aus Belgien die Ergebnisse. Luca Simonetti ist wirklich der Enkelsohn meiner Frau! Das haute uns dann doch um! Wie war der Direktor dahintergekommen und woher wusste er das?

Jetzt hatten wir endlich die Erklärung für sein besonders auffälliges Verhalten. Konfrontieren wir ihn im nächsten Urlaub damit oder nicht? Das ist jetzt die wichtigste Frage. Die Zeit bis zu unserem Urlaub war nicht mehr so lang. Wir haben uns dann dazu entschlossen, erst einmal zu schweigen.

Warum sollten wir den jungen Mann mit dieser Neuigkeit überfallen, er war vielleicht doch ahnungslos und wir haben immer nur etwas in sein Verhalten hinein interpretiert.

Vielleicht ahnte er auch etwas, war sich aber nicht sicher. Möglich, dass seine Mutter ihm nichts von den Umständen der Geburt seines Vaters in Opatija erzählt hatte. Besser war es erst einmal Ruhe zu bewahren.

Mit gemischten Gefühlen flogen wir nach Krk. Unser Taxifahrer, der uns jedes Mal fährt, wartete wie sonst schon am Airport. Auf ihn war Verlass. Die Fahrt nach Opatija wurde immer spannender.

Auf dem Weg dorthin stellten wir fest, wie der Fortschritt auch hier Einzug gehalten hat. Kroatien wird immer europäischer, dachte ich. Als wir die letzten Meter zum Hotel fuhren, fasste Vera plötzlich nach meiner Hand, ihr Puls raste. Gott sei Dank konnte ich sie beruhigen. Dann bogen wir in die Straße zum Park ein, wir waren angekommen.

Als wären wir zu Hause angekommen, so fühlten wir uns. Der wie immer freundliche Empfang an der Rezeption und die Grüße des Hotels auf unserem Zimmer (Champagner und Pralinen) tat uns so richtig gut.

Nichts war mehr von der Anspannung zu spüren. Nachdem wir unsere Koffer ausgepackt, unsere Klamotten verstaut hatten, gingen wir nach unten und wurden so herzlich vom Personal begrüßt, als wären wir erst gestern gegangen.

Drei Wochen Urlaub lagen vor uns und diese Wochen wollten wir uns durch nichts und niemanden verderben lassen. Wir machten erst einmal einen kleinen Spaziergang durch den Park, direkt zum „Vongole" wo wir, direkt am Meer sitzend, einen leckeren Cappuccino bestellten.

Hier waren schon die ersten Schwimmer unterwegs und zogen ihre Bahnen. Was ist das schön wieder hier zu sein! Die gemauerte Plattform der Badeanstalt war voll mit Sonnenschirmen und Liegestühlen.

Diese konnte man für 100 Kuna (ca. 14 Euro) täglich mieten. Eine junge Frau ging immer mal herum und kassierte bei den Neuankömmlingen. Wir sahen dem Treiben zu, beschlossen, hier bleiben wir sitzen. Heute gehen wir doch noch nicht ins Meer.

Aber morgen werden wir wieder hier sitzen, Cappuccino trinken und von hier aus ins Meer gehen. Das ist einfacher für uns, wir müssen nicht über Klippen ins Wasser klettern.

Am „Vongole" befindet sich eine Treppe die ins Wasser führt. So gesehen können wir die 100 Kuna lieber hier verzehren, unsere Cappuccini trinken und mehr, haben es sehr viel bequemer als auf den harten Liegen. Wir sind nun mal nicht mehr die Jüngsten!! Das ist für unseren Rücken tausendmal besser.

Wenn wir Hunger haben sollten, können wir hier draußen sogar etwas zu essen bekommen. Lange konnten wir uns aber nicht der Sonne aussetzen, es ist schließlich unser erster Tag. Also machten wir uns auf den Heimweg.

Wir beschlossen, hinauf zum Hotel Agava zu gehen, um dort Grillgemüse zu essen. Das schmeckte uns im letzten Jahr so gut. Der Weg, die Hauptstraße entlang, war ganz schön beschwerlich für unsere alten Knochen. Wir machten einige Pausen zwischendurch, aber es hat sich gelohnt.

Die Kellnerin dort hat uns überrascht. Nicht nur, dass sie uns mit „Guten Tag" begrüßte, nein sie hat uns tatsächlich wiedererkannt. Das Essen war einfach lecker, wir genossen das bunte Treiben auf der „Ul. Maršala Tita", der Hauptstraße und machten uns nach dem Essen wieder auf den Heimweg. Bis zu unserem Hotel ging es nur bergab, was wesentlich einfacher für uns war.

In der Rezeption angekommen wurde uns ein Glas Champagner angeboten und weil es so warm war, sagten wir Ja zu dieser Erfrischung. Dann ruhten wir uns auf unserer Terrasse aus, beobachteten die Menschen die durch den Park spazierten.

Vor der kleinen Kirche des Hl. Jakob hatten sich mehrere Menschen versammelt, in feiner Garderobe, die schon recht lustig waren. Daran merkten wir, es steht eine Hochzeit an. Der Priester sah uns auf der Terrasse und winkte uns zu. Wir sahen ihm an, dass ihm eine Trauung viel Spaß machte, er war richtig gut gelaunt.

Dann sahen wir sogar noch eine zweite Hochzeit. Bei den kroatischen Hochzeiten wird bereits viel gesungen und getanzt bevor es eigentlich in die Kirche geht. Alkohol machte auch schon die Runde. Nach der Trauung gehen die Gäste oft ins „Kvarner" oder ins „Milenij" zum Feiern.

Andere fahren auch mit ihren Autos in andere Hotels und es gibt auf der Hauptstraße einen Autocorso samt Hupkonzert. Dann plötzlich Stille, der Spuk ist vorbei, alles wie immer.

Diesen Abend wollen wir in unserem Hotel verbringen, in „unserer" Sitzecke, dem „Klein Paris". Noch nicht ganz hingesetzt kam schon ein Kellner mit zwei Gläsern Champagner. Essen wollten wir nichts, aber wir bestellten eine Flasche Champagner mit Eis. So lässt es sich aushalten!

Aus unserem Zimmer holte ich unsere heißgeliebte Musik, die uns in allen Urlauben begleitete, schauten den Menschen zu und vergaßen fast die Umwelt. Dabei sahen wir uns an, stellten fest, beide hatten wir Tränen in den Augen, so wohl fühlten wir uns hier.

Um 18 Uhr begann in der Cantinetta des Hotels der Betrieb. Langsam kamen die Menschen und wollten zu Abend essen. Das kannten wir noch, dann hat das Personal alle Hände voll zu tun. Es dauerte aber nicht lange und der Direktor schaute rein.

Als er uns in „Klein Paris" sitzen sah, wusste er nicht, wie schnell er zu uns kommen sollte, um uns zu begrüßen. Vera und mich umarmte er und strahlte übers ganze Gesicht. Die Begrüßung war herzlich, genauso wie wir das erwartet haben. Er wollte im Laufe des Abends noch einmal vorbeischauen, aber in der Cantinetta waren sehr viele Gäste und ein so großer Andrang, dass er nicht mehr dazu kam.

Wir wollten auch auf unsere Terrasse gehen und den restlichen Abend dort ausklingen lassen. Außerdem haben wir eine noch schönere Aussicht und können auf der Terrasse bequemer sitzen. Unter dem Schein der Laternen, die den Park beleuchten, ließen wir den Tag an uns vorbeiziehen. Dann forderte die Natur ihren Preis, und wir schliefen fest und tief bis zum nächsten Morgen.

Bis zu Veras Geburtstag dauerte es noch drei Tage, wir verbrachten diese Zeit mit schwimmen, saßen in „Klein Paris", erlebten Abende mit Livemusik direkt vor der Cantinetta.

Am Geburtstag klopfte es schon kurz nach dem Frühstück an unserer Zimmertür, vor uns stand die Rezeptionistin mit einem Servierwagen. Darauf lagen zwei Teller mit je einem großen Stück Torte, eine Flasche Sekt im Eiskübel, zwei Gläser und einem kleinen Blumenstrauß. Sie gratuliert Vera herzlich im Namen des Direktors zum Geburtstag. Diese Gratulation incl. Torte und Sekt hat sich scheinbar schon eingebürgert.

An diesem Morgen ging meine Frau allein zum Schwimmen, während ich mit dem Taxi zur Insel Krk fahren wollte. Ich wollte mir unbedingt die Pension, die der Mutter des Direktors gehörte, auf dieser Insel ansehen. Er hatte uns einmal davon erzählt. Ich aber habe wohl gehofft, vielleicht auch seinen Vater zu sehen. Da mich dort niemand kannte, wollte ich mich einfach mal umschauen.

Vera hatte, warum auch immer, keine Lust und wohl auch nicht den Mut, ihre Bekanntschaft von Lloret de Mar wieder zu sehen. Wir wussten ja jetzt ganz genau, dass Luca Simonetti Veras Enkel ist, seine Eltern ebenfalls.

Ich habe tatsächlich seine Mutter sehen können, ohne mich zu erkennen zu geben. Luca sah seiner Mutter sehr ähnlich. Ob er auch etwas vom Vater hat, konnte ich nicht sehen, den kannte ich ja nur aus Erzählungen, und da war der ein Baby.

Er war Veras Sohn und in Opatija geboren, das stand einfach fest. Ich wusste genau, dass sie ihn seit Jahren aus ihrem Gedächtnis gestrichen hatte. Wenn das anders wäre, ich hätte das bestimmt gemerkt!

Ich hatte gesehen, was ich wollte, deshalb machte ich mich wieder auf die Rückfahrt nach Opatija. Die Taxifahrt hat insgesamt 100 € gekostet und das war es mir wert. Die nächsten beiden Tage redeten wir nur über diesen Ausflug.

Die Zeit verging wie im Flug. Beim Schwimmen am Lido trafen wir wieder einmal den netten Pater. Das Zusammentreffen war immer sehr lustig. Die Baustelle am Lido war noch vorhanden. Es wurde ein Pool angelegt, Lkws kamen und brachten Palmen, die gesetzt wurden. Das Holzhaus nahm langsam Formen an. Wir sind gespannt, wie das alles einmal aussieht, wenn es endgültig fertig ist.

Einmal lernten wir am Strand eine nette Wienerin kennen. Die Dame, älter als wir, schwimmt täglich bis zur Boje, die die Begrenzung der Badeanstalt bildet. Sie hat überhaupt keine Angst, obwohl sie die 80 schon überschritten hat.

Ihr Name ist Bruni, bei uns Dreien stimmte sofort die Chemie. Unsere Unterhaltungen waren immer sehr angeregt. Wir erfuhren, dass sie mit ihrem mittlerweile verstorbenen Mann viel in den USA war und oft die gleichen Orte besucht hat wie wir.

Der Gesprächsstoff ging uns also niemals aus. Einmal konnten wir uns vor Lachen nicht halten. Im Vorbeiflug hat uns eine Möwe besch . . . . ., wir waren bekleckert von oben bis unten, und das sah so richtig „Kacke" aus. Wir hörten das soll Glück bringen. Abwarten!

Für das nächste Jahr haben wir uns wieder mit Bruni verabredet, hoffentlich klappt das auch.

Wieder ein Samstag und wieder eine Hochzeit, wieder mit dem Pater ein paar Worte gewechselt.

Unser Direktor hat es dann doch endlich geschafft uns zu einem Dinner zu überreden. Den ganzen Urlaub ging er uns damit fast schon auf die Nerven, ließ uns aber keine Ruhe. Nachdem wir ihn dann händeringend baten: Nur leichte Kost und nicht später als 18 Uhr hat er das akzeptiert und die tollsten Gerichte aufgefahren.

Er hat an diesem Abend sogar mit uns gegessen, wie wir sahen, mit gutem Appetit. Natürlich servierte er uns auch seinen besonders guten Champagner, wie es sich gehört. Es war ein richtig schöner Abend.

Von meinem Besuch in der Pension seiner Mutter auf der Insel Krk haben wir nicht gesprochen. Wir hatten beschlossen ihm in diesem Augenblick noch nichts von dem DNA-Test zu erzählen.

Aber wir versprachen, den nächsten Urlaub im kommenden Jahr wieder im „Sveti Jakov" zu verbringen. Er bot uns an, ihn direkt anzuschreiben, damit er uns einen besonders guten Preis machen kann. Daraufhin „drohten" wir ihm 4 Wochen im nächsten Jahr an.

Sein Gesicht strahlte uns ungläubig an, damit hat er wohl nicht gerechnet. Er sprang auf und umarmte uns spontan. In seinen Augen waren Tränen. Was hat ihn wohl so gerührt? Er ließ noch mal eine Flasche Champagner bringen, die er jetzt selbst öffnete, und wir prosteten uns „auf gute Gesundheit zu".

Der Junge wurde uns immer sympathischer. Wusste er, was wir wussten, oder warum war er so herzlich? Es blieben uns nur noch einige Tage, dann war auch dieser Urlaub zu Ende.

Wir verabschiedeten uns von allen, sahen wie sie sich freuten, als sie hörten im nächsten Jahr gehen wir ihnen 4 Wochen auf die Nerven. Die Fahrt zum Flughafen und der Rückflug war wie immer kurz. Für dieses Jahr war Opatija wieder einmal zu Ende. Verrückt, aber auf die 4 Wochen im nächsten Jahr freuten wir uns jetzt schon wieder riesig.

Als es dann im Frühjahr soweit war, den Urlaub in Opatija unter Dach und Fach zu bringen, kam ich plötzlich auf die Idee, doch noch einmal in die USA zu fliegen. 2014 waren wir das letzte Mal dort, in Wirklichkeit fehlte mir im Spätherbst die Sonne dort und die Wärme.

Wir planten also wieder den Amerika-Urlaub für den Oktober und November und buchten dort unsere Wohnung. Doch dann kam alles anders! Amerika lag noch 3 Monate vor uns, als ich merkte, dass ich nicht mehr so ganz der Alte war. Ich hatte das Gefühl neben mir zu stehen. Einige Tage lang beobachtete ich mich kritisch und sprach auch mit meiner Frau darüber.

Sie riet mir zu meiner Ärztin zu gehen, was ich dann auch nach einigem Zögern tat. Die Katastrophe begann. Von der Arztpraxis kam ich sofort mit dem Krankenwagen ins Krankenhaus und bekam einige Tage später 6 Stents ins Herz gesetzt.

Nichts war mehr in Ordnung. Das ganze Leben war durcheinander. Den Urlaub konnten wir vergessen, Flugverbot für ein halbes Jahr. Das Geld war weg.

ABER, ich lebe noch und die Hoffnung, im nächsten Jahr Opatija zu sehen, war groß. Allerdings brauche ich dazu das Okay des Kardiologen und schon geht es weiter. Glück gehabt. Opatija ist gerettet.

USA hatten wir nicht machen können, doch nach Opatija kam dann auch wieder USA an die Reihe. War eben nur verschoben. Im Juni flogen wir wieder nach Krk und auf der Fahrt zum Hotel überkam mich Anspannung und Freude und plötzlich musste ich weinen. Unser alljährlicher Taxifahrer sah das nicht, meine Frau kennt mich aber und sagte auch nichts. Ihr ging es wie mir. Die Freude war einfach zu groß.

Als wir das Hotel erreichten, erlebten wir eine Überraschung. Die Rezeption war verlegt, nicht mehr unten neben dem Speisesaal. Sie befindet sich jetzt eine Etage höher, der Eingang direkt an der „Ul. Maršala Tita".

Der Raum ist größer und sehr viel heller, direkt von der Straße einsehbar, wie es sich für ein Hotel eben gehört. Neues Personal nahm uns in Empfang und wir wurden mit einem Glas Champagner willkommen geheißen. Die Herzlichkeit war wie immer. Wir fühlten uns sofort wieder zu Hause.

Nachdem wir auf unser Zimmer eskortiert wurden, fanden wir, wie schon die Male vorher, die bekannte Begrüßung vor. Frische Blumen, ein Tellerchen mit

Pralinen, die obligatorische Flasche Champagner und ein „Willkommenschreiben" von der Direktion.

Wir hatten es auch nicht anders erwartet. Nachdem wir uns etwas erfrischt hatten und in die Cantinetta gingen, wurden wir von dem Direktor so überschwänglich begrüßt, dass wir uns fragten, was wohl geschehen sei.

Er beruhigte uns und man sah ihm an, dass er sich wirklich wahnsinnig freute. Ich hatte das Gefühl als wüsste er mehr. Aber wahrscheinlich täuschte ich mich, denn er machte keinerlei Anstalten.

Wir schauten ihn genau an und merkten, der Kerl freut sich tatsächlich. Kaum zu glauben. Waren wir wirklich nur Urlaubsgäste für ihn? Irgendwie wurde ich unruhig. Was war geschehen? Wieso war er so überaus freundlich zu uns? Lag das nur an meiner Herzgeschichte? Oder hat er von unserem Test geahnt?

Das kann doch gar nicht sein. Vera beruhigte mich und meinte, er war auch die letzten Male schon so freundlich und zuvorkommend.

Wir wollten erst einmal einen Spaziergang machen, uns „akklimatisieren". Im Park sahen wir, dass das Dach über der Wohnung des Paters neben der kleinen Kirche, abgedeckt war. Es sah aus, als hätte der Feuerteufel dort gewütet.

Auf Rückfrage beim Personal wurde uns berichtet, der Pater hat sein Dach abgebrannt. Eine fast unglaubliche Geschichte wurde uns aufgetischt. Der Pater sei bei einem kräftigen Schluck aus der Pulle eingeschlafen, eine Kerze hätte den Brand entfacht und den ganzen Dachstuhl vernichtet.

Zum Glück konnte die herbeigerufene Feuerwehr die Kirche retten. Wir konnten das alles so nicht glauben, allerdings sahen wir das Ergebnis. Ein Quäntchen Wahrheit ist meist ja dabei.

Auf unserer Terrasse hat sich einiges verändert, wir haben neue Liegen und Sitzmöbel bekommen. Es sah wirklich gut aus, aber wir merkten schnell, bequem ist was anderes. Deshalb baten wir um zwei Stühle aus dem Restaurant. Darauf konnten wir gemütlich und entspannt den ganzen Abend sitzen.

Einige Tage später bekamen wir auch noch einen Riesenfernseher. Der war so groß, dass er fast die gesamte Wand bedeckte. Aber er war einfach toll, noch größer als unser TV zu Hause!

Bei einem Spaziergang entlang des Lungomare entdeckten wir, dass der neue Holzbau am Lido fast fertig war und das Lido jetzt offiziell „Bevanda" heißt, Liegeflächen waren dort und sogar eine Strandbar eingerichtet. Hier gab es sogar einen einigermaßen leckeren Cappuccino.

Ein paar Tage später war auch die Restauration in dem Holzbau fertig und man konnte hier gut essen gehen. Erst glaubten wir, dieses Restaurant sei hauptsächlich für die jüngere Generation bestimmt, aber nein, auch Normalos wie wir waren dort Gäste.

An Veras Geburtstag feierten wir wie immer auch unseren Hochzeitstag. Aus diesem Grund hatte ich bei der Rezeption auch wieder Blumen für meine Frau bestellt. Es hat alles gut funktioniert, der Strauß stand auf dem Frühstückstisch!

Als wir dann in unser Zimmer kamen, erlebten wir eine große Überraschung. Das Zimmer war bunt geschmückt. Luftballons hingen an der Lampe, unsere Betten waren mit Rosenblättern verziert. „Ein herzlicher Gruß vom Personal", konnten wir auf der beigelegten Karte lesen.

Und es dauerte auch nicht lange und es klopfte.
„same procedure as every year":

Der Direktor und ein Kellner; Servierwagen mit Schokotorte plus Wunderkerzen; Sektkübel mit Champagner und Gläsern;

Und jetzt sollten wir auch noch von der Torte essen, nach dem fantastischen Frühstück? Luca ließ es sich nicht nehmen, die Torte anzuschneiden und uns jeweils ein Stück davon zu servieren.

Er musste erleben, dass wir streikten! Das hoben wir uns für den Nachmittag auf und den Rest der Torte gaben wir anschließend wieder in die Küche zurück mit der Bitte, es dem Personal zu geben. Klappte auch.

Der Tag fing ja gut an. Am Nachmittag wollte Luca sich zu uns setzen, um ein Gläschen auf den Geburtstag mit uns zu trinken. Bei einer Unterhaltung im letzten Jahr habe ich erzählt, dass ich einige Bücher geschrieben habe, auch das über „Rudolph, dem Rentier mit der roten Nase und seiner Crew".

Er war sehr interessiert und ich versprach ihm das Buch in kroatischer Sprache.

Unserer Wienerin Bruni schenkte ich bereits im vergangenen Jahr die beiden Bücher. Bei unserem Wiedersehen war sie begeistert und meinte, als Lehrerin hätte sie den Kindern daraus vorgelesen, denn Verschiedenes konnte in jedem Atlas nachgesehen werden.

Aber leider sei sie schon lange nicht mehr im Beruf! In diesem Jahr bekam sie mein Buch „Mein Vater, der Diplomat". Mal sehen, was sie im nächsten Jahr davon erzählt.

Mit Direktor Simonetti haben wir uns richtig nett unterhalten. Er erzählte und erzählte, von seiner Familie, dem „Jugoslawien-Krieg" usw. usw.

Die Sprache kam auch auf seinen Vater, der im letzten Krieg zwischen Bosnien, Kroatien und Serbien gefallen war.

Das tat uns sehr leid für ihn, damit hat Vera ja nun gar nicht gerechnet. Er war ja ihr Sohn, den sie vergessen wollte, aber kann das eine Mutter wirklich? Ihren Sohn ganz aus dem Gedächtnis streichen? Ich glaubte es nicht.

Wenn ich nur daran denke, was wir alles unternommen haben als unsere Reise in Ungarn zu keinem Ergebnis führte. In der Vergangenheit haben wir zwei oft über ihn gesprochen. Eigentlich wollten wir es nicht, doch je nach Stimmung tauchte das Thema immer wieder auf.

Ich wusste genau wie schwer es ihr fiel, hatten wir uns doch versprochen ihn aus unserem Leben zu streichen!

Jetzt aber kam Luca immer wieder in unser Leben. Es war, als hätten wir ein Geschenk bekommen. Wenn er Vera ansah, schmolz sie fast dahin. Sie sagte mir einmal, wenn sie in seine Augen schaut, ist die Erinnerung an seinen Vater in Spanien wieder da.

Trotz dieser Nähe zu Luca brachten wir es noch nicht fertig zu sagen, was wir durch den Test erfahren haben. Es war schmerzvoll für uns und wir glauben auch für ihn.

Am nächsten Tag gingen wir wieder ins Slatina zum Schwimmen, sahen dort weit draußen eine riesige Yacht vor Anker liegen. So ein Schiff haben wir hier in der Bucht noch nie gesehen, das kennen wir nur von Fort-Lauderdale oder Miami/Florida.

Ich machte einige Fotos und habe abends Luca gefragt, ob er weiß, wem die Jacht gehört. Nach einigen Anrufen wusste er es, sie gehört einem reichen russischen Oligarchen. Russische Urlaubsgäste haben wir schon mal im Slatina gesehen, aber die waren sicherlich nicht mit so einem Schiff da.

In den nächsten Tagen beschäftigte ich mich - in meiner freien Zeit - damit, im Computer eine Zeitungsseite zu entwerfen, mit der ich Luca und seinem Hotel eine Anerkennung zukommen lassen wollte.

Vera kam auf die Idee dem Hotel einen besonderen Namen zu geben, nämlich „das Hotel mit dem großen Herzen".

Genau so machte ich es und diese Headline brachte ich auf die erste Seite. Ich machte immer wieder Aufnahmen von bestimmten Situationen im Hotel, von Gästen aus aller Herren Länder, die meist nur auf der Durchreise waren. Auch von den Life-Musikern oder den Sängern, die Abendmusik für die Gäste machten.

Uns beiden gefiel die „Zeitungsseite" so gut, dass ich sie per mail an Luca schickte, sein Foto fand er natürlich auch.

Am nächsten Morgen, große Aufregung unter dem Personal. Von seinem Freund hatte Luca die Seite in DIN A3 auf Fotopapier ausdrucken und es dann in der

Küche aufhängen lassen. Ich konnte ja nicht ahnen, dass dieser Druck alle so begeisterte. Der Direktor schickte die Mail dann auch seinem Arbeitgeber und erzählte uns, dass auch er begeistert war.

Ich wollte aber eigentlich Luca einen Gefallen damit tun. Dass es so weite Kreise ziehen würde, damit hatte ich nicht gerechnet. Tags darauf suchte ich mir aus den Tageszeitungen, die in der Lobby lagen, einige Mail-Adressen heraus und sandte denen die Seite auch in der Hoffnung, sie würden Reklame für das Hotel machen.

Überraschung, Überraschung, wir wurden tatsächlich von einer Redakteurin eines Blattes um ein Interview gebeten. Dazu brauchten wir die Hilfe einer der Empfangsdamen als Übersetzerin.

Es dauerte einige Tage und wir bekamen die Antwort, eine ganze Zeitungsseite soll über uns und das Hotel erscheinen. Daraufhin ging ich zu Luca und sagte: „Morgen stehst du in der Zeitung!" Sein Gesicht war einmalig, er strahlte über das ganze Gesicht wie eine 1000 Watt-Lampe.

Von der Rezeption wurden morgens gleich einige Exemplare besorgt, eine Zeitung lag auf unserem Frühstückstisch. Die Begeisterung war groß. Das, was ich bezwecken wollte, hatte funktioniert. Luca bekam seine Reklame. Ich hatte meine Aufgabe erfüllt!

Am Slatina Strand haben uns sogar einige Kroaten erkannt, die uns und Luca in der Zeitung gesehen haben. Am Nachbartisch im Slatina sprach uns ein junger Mann an, seine Kinder spielten im Wasser, wir erfuhren, dass er Kroate sei, in den USA lebt und hier jetzt bei seinen Eltern Urlaub macht.

Während der nächsten Tage, beim Spaziergang, bemerkten wir immer mal wieder interessierte Blicke. Wir konnten uns nur vorstellen, dass es mit dem Zeitungsartikel zu tun hat.

Kurz vor unserer Abreise lud Luca uns nochmal zu einem netten Abend ein. Außer einer Flasche Champagner hat er auch kleine Canapés aufgetischt. Er hatte selbst wohl großen Appetit darauf, denn er langte kräftig zu.

Dann eröffnete er uns, der Besitzer seines Hotels würde uns im nächsten Urlaub einen Rabatt geben, wenn wir wiederkommen. Dabei lachte er und meinte beiläufig, es können ruhig auch 6 oder 8 Wochen sein.

Damit haben wir natürlich nicht gerechnet, freuten uns aber riesig darüber. Die Zusage, im nächsten Jahr wieder zu kommen, konnten wir machen, nur noch nicht, in welchem Monat und wie lange.

Er war begeistert und wünschte uns jetzt schon eine gute Heimreise, alles

Gute und viel Spaß in unserem nächsten Urlaub in Florida auf Marco Island. Den hatten wir dann auch.

Über das Jahr blieben wir in Kontakt mit ihm. Er schickte uns von Zeit zu Zeit Nachrichten, die wir immer gerne beantworteten. So verging die Zeit bis Juni fast wieder wie im Fluge.

Wir blieben diesmal sogar 6 Wochen in Opatija. Fast so wie in früheren Zeiten gewohnt waren wir es ja. Die Begrüßung im Hotel hatte sich nicht geändert, wie immer mit Champagner und Blumen. Ebenfalls herzliche Begrüßung durch das gesamte Personal und Luca ließ es sich nicht nehmen uns als erstes zu begrüßen.

Wir schauten ihn genau an und sahen eine kleine Veränderung. Er sah glücklich und zufrieden aus. Wie ein großer Junge der verliebt war. War er tatsächlich, er erzählte uns von seiner Freundin, die in Rijeka arbeitet.

Als Überraschung übereichte ich ihm mein neues Buch über Rudolph. Er war begeistert, er konnte es lesen, denn es war in Kroatisch übersetzt. Sein Erstaunen war groß und er wollte wissen, wieso Kroatisch?

Dann erzählte ich von der guten Bekannten, sie stammt übrigens auch aus Opatija, lebt aber in unserer Stadt, sie hat die Übersetzung des Buches gemacht. Sie wird in den nächsten Tagen in Opatija eintreffen und wir werden sie ihm vorstellen. Er fragte auch gleich nach 3 Büchern für seinen Chef. Die hatte ich natürlich dabei.

Die nächsten Tage haben wir uns wie immer erst einmal eingewöhnt, machten unsere Spaziergänge und gingen natürlich jeden Morgen ins Slatina zum Schwimmen.

Auch Bruni aus Wien traf einige Tage später ein. Große Freude bei allen. Irgendwann fragte sie mich: „Sag mal, ist das wahr mit deinem Vater, dem Diplomaten?" Vera und ich haben gelacht, und Bruni schaute uns an, als wollten wir sie veräppeln. Sie meinte das todernst.

Aber ich konnte sie beruhigen und sagte: „Bruni, das ist eine Geschichte, die habe ich erfunden. Dabei ist nur einiges wahr, das mit dem Diplomatenvater ist reine Erfindung."

Sie aber meinte: „Ja, es wäre ja auch nicht schlimm, wenn es so gewesen wäre, so etwas passiert halt, aber jetzt bin ich beruhigt." Bruni blieb wieder 10 Tage und wir trafen uns jeden Morgen am Slatina, gingen schwimmen und anschließend gönnten wir uns den obligatorischen Cappuccino und eine warme Cola für sie.

Ljubi, meine Übersetzerin, hat uns ebenfalls besucht, sie kam mit ihrem Bruder aus Zagreb, wo sie ein kleines Häuschen haben. Mit den beiden sind wir dann mit dem Taxi nach Lovran zum Essen gefahren. Es war herrlich, wie früher. Das Lokal in Lovran gibt es immer noch. Die Besitzerin Evelin war auch da, nun sie ist schon zu alt und hat uns nicht mehr erkannt.

Natürlich dachte ich daran, eine Folgeseite meiner Zeitung „Opatija News" zu machen. Ljubi kam auf die Idee, eine verwandte Journalistin in Opatija zu fragen, ob sie nicht einen Artikel schreiben will, (würde auch gleichzeitig Werbung für das Hotel machen) der in der monatlichen Opatija-Ausgabe „LIST GRADA OPATIJE" erscheinen sollte.

Ich habe nicht geglaubt, dass es klappen würde, aber es wurde Wirklichkeit. Irgendwann kam Luca zu uns, um von einer Verabredung mit einer Reporterin zu berichten, die ein Interview mit uns möchte.

Er war neugierig und wollte wissen, wieso und warum. Wir erzählten die

Sache mit Ljubi und dass sie das in die Wege geleitet hat. Große Aufregung im Hotel. Am anderen Morgen war bereits ein Tisch unter der Veranda reserviert für das Interview.

Natürlich war Luca da und managte alles. Der Fotograf machte Aufnahmen, die Reporterin und Luca unterhielten sich in ihrer Muttersprache. Für uns wurde dann übersetzt. Luca ließ sich den Zeitungsausschnitt vom letzten Jahr bringen. Den hatte er eingerahmt und hing in der Rezeption, jeder Gast hat das lesen können.

Mein kroatisches Buch über Rudolph hatte er natürlich auch dabei. Im Laufe des Interviews erzählte der Direktor mit einem Augenzwinkern, wir hätten ihn als zweiten Enkel adoptiert.

Aus Spaß haben wir einmal gesagt, wir würden uns so gut verstehen, er könnte eigentlich unser zweiter Enkel sein. Das hat er jetzt zum Besten gegeben.

Das ganze Interview dauerte fast eine Stunde und es war ein sehr lockeres Gespräch. Auf Nachfrage sagte die Reporterin in der nächsten Ausgabe komme der Artikel in den Druck. Luca war anscheinend überglücklich schon wieder in die Zeitung zu kommen.

Uns kam seine Aussage vom zweiten Enkel ein wenig geheimnisvoll vor. Sollte er doch mehr wissen und uns nicht informieren? Er wurde immer anhänglicher und bot uns immer etwas Besonderes.

Er ging mit uns ins „Milenij" zum Eis essen. Ein anderes Mal in eines der Blumenhotels zum Brunch. Ein weiteres Mal sollten wir unbedingt mit ihm zum Fischmarkt nach Rijeka fahren. Dort kaufte er Sardinen und Gemüse.

Mit Vera probierte er einen besonders eingelegten Fisch direkt am Verkaufsstand. Am nächsten Tag musste ich mit in die Küche kommen und die Köchin zeigte mir wie die Sardinen zubereitet und gebraten wurden. Es war für mich eine große Ehre!

Wann wird man schon mal in die Hotelküche gelassen. Ich durfte mir alles ansehen und sogar filmen. Am Ende bekam ich sogar eine von ihm signierte Kochmütze als Geschenk. Ich wusste gar nicht wie mir geschah!

Am nächsten Tag haben wir unseren Pater gesehen und ihn auf den Brand in seiner Kirche angesprochen. Er war in Eile, deshalb verabredeten wir uns für den nächsten Nachmittag.

Als er auf der unserer Terrasse eintraf, brachte er einen selbstgebrannten Schnaps mit, eine kleine Flasche. Wir sollten ihn probieren und sagen, wie er schmeckt. Dann erzählte er uns genau, wie es zu dem Brand gekommen ist.

Das was die Leute erzählten wahr also Quatsch. Wenn er Glück hat, übernehme die Stadt einen Teil der Kosten des Daches und den Rest die Kirche. So hoffte er. Diese Story berichteten wir Luca, damit die Gerüchte über den Brandstifter ein Ende haben.

Wir wurden wieder einmal von Luca beim Abendessen verwöhnt. Er ließ uns die frisch gebratenen Sardinen probieren. Dann die leckeren Canapés und natürlich Champagner, wie sollte es auch anders sein.

Mittlerweile waren wir die letzten Gäste und zu dieser fortgeschrittenen Stunde kam Luca auf seine Mutter zu sprechen und wir erfuhren, dass sie auf seinem Handy unbeabsichtigt ein Foto von Vera gesehen hat.

Dabei stellte sich auch noch heraus, dass sie vor langer Zeit einmal ein Foto von Vera in der Brieftasche ihres Mannes gesehen hat. Als sie ihren Mann darauf ansprach, flüchtete er sich in Ausreden.

Von den bereits verstorbenen Großeltern hatte sie erfahren, dass ihr Mann vom Opa in die Ehe mitgebracht wurde. Veras Bild im Handy hatte große Ähnlichkeit mit ihm, jetzt noch das Foto von Luca in der Zeitung, das sprach Bände.

Wir wissen nicht, warum Luca uns das erzählte, vielleicht lockerte der Champagner seine Zunge. Dabei sah er Vera so glücklich an, ich musste schon in mich hineinlachen. Anscheinend war es ihm nicht aufgefallen, aber wieso war er so anhänglich? Es war schon seltsam mit ihm.

In den nächsten Tagen erarbeitete ich eine neue Zeitungsseite die ich dem Direktor natürlich wieder schenken wollte. Als besonderen Gag übersetzte ich den Satz „Das Hotel mit dem großen Herzen" in verschiedene Sprachen wie Chinesisch, Russisch, Japanisch usw.

In all den Jahren haben wir erlebt, dass Urlauber aus den verschiedenen Ländern im „Sveti Jakov" waren und wollte Luca durch die Übersetzung eine Freude machen. Von einigen machte ich Fotos, die ich mit auf die Zeitungsseite stellte. Als sie fertig war, schickte ich sie ihm und er war begeistert.

Vor Ende unseres Urlaubs erlebten wir einen heftigen Sturm, hier auch „Jugo" genannt. Er war wirklich sehr schlimm, die meterhohen Wellen schwappten weit über die Ufer und richteten einige Verwüstungen an.

Zum Glück war der Sturm schnell vorbei. Ende des Urlaubs hieß wie im letzten Jahr auch wieder „Retropatija". Die Hauptstraße wird gesperrt und mitten auf der Straße wird gefeiert.

Die Bevölkerung trägt teilweise Klamotten aus den „Zwanzigern", Oldtimer säumen die Straßen. Überall wird Musik gespielt und ich habe mir auf der Straße in dem aufgebauten Barber-Shop noch meinen Bart stutzen lassen.

Sechs Wochen neigen sich dem Ende. Es war mal wieder eine wunderschöne Zeit in Opatija, die Luca uns besonders versüßt hat.

Am Abreisetag kam er dann mit einer Riesenüberraschung zu uns. Er schenkte uns eine 3-Liter Flasche Champagner. Dafür war er extra zur Sektkellerei gefahren. Die war so schwer, wir wussten nicht, wie wir sie mitnehmen sollten. Wir waren ja schließlich mit dem Flieger da.

Also Gepäck umpacken und sehen, wie das so mit dem Gewicht wird. Wir schimpften mit ihm, eine normale Flasche hätte doch auch gereicht, aber nein, er wollte es so. Wir sollen diese Flasche auf unserem weihnachtlichen Familientreffen öffnen und alle sollen mitgenießen.

Davon möchte er aber ein Familienfoto haben, was wir ihm natürlich versprachen.

Diesmal fiel uns der Abschied von Opatija besonders schwer, wir fühlten uns wie in einer großen Familie.

Letztendlich haben wir Luca aber nicht bestätigt, dass er unser Enkel ist. Vielleicht glaubt er es zu wissen, wir jedoch wissen es genau, danach gefragt hat er uns aber nicht.

Während unseres nächsten USA-Urlaubs waren wir fast täglich mit Luca über „WhatsApp" in Verbindung und freuten uns auch das ganze Jahr über seine Anhänglichkeit. Vielleicht kommt es ja doch noch in Zukunft zu einer Aussprache.

Die Wahrheit wollen wir ihm nicht wirklich vorenthalten, wir denken allerdings, dass er die Initiative ergreifen soll. Wir haben ihn lieben gelernt und Luca gehört nun unwiderruflich zu unserer Familie.

.